文学と魔術の饗宴

日本編

斎藤英喜 編著

金沢英之・小川豊生・南郷晃子・一柳廣孝・梶尾文武・清川祥恵・植朗子・渡勇輝・芦花公園

小鳥遊書房

プロローグ

斎藤英喜

「だがまだ何も現れぬ！——これから更に三日三晩、ランプの煙る青白い光の下で、レイモン＝リュルの魔法書を繙くとしよう。」
（アロイジウス・ベルトラン『夜のガスパール』及川茂訳、岩波文庫[1]）

人類学や民俗学の一般的な通説によれば、「魔術」とは、非合理的、超常的な力を駆使するテクネーということになるだろう。あるいは合理的な視点からは、手品と同じように、そこにはトリックがある、とも。また魔術を「呪術」といいかえたとき、さらに土俗的、未開的な社会のイメージが膨らんでいく。

しかし、本書で扱う「魔術」は、そうした認識群とは異なっている。ここで取り上げる魔術は、「文学」と密接な繋がりをもっていくからだ。

文学と魔術——。あるいは黒魔術師、妖術師、魔女、古城、廃墟、深い森、墓地、地下室、僧院、幽霊、呪詛、吸血鬼、龍などなど。われわれを惹きつけてやまない蠱惑的なイメージを喚起する言葉たち。それは一八世紀のイギリスに生まれたゴシック小説や、同時代の江戸の怪談や奇譚、明治期の翻訳探偵小説、大正・昭和初期のモダニズムとデカダンスの文学、あるいは一九世紀末のヨーロッパに顕現する魔術と詩・絵画との淫靡な関係。二〇世紀にあっても、「魔術師」を自称するものたちによる小説の創造、そして現在、エンタメの世界も巻き込みながら、魔術や妖術の物語たちが生み出されていく。ここに本書が扱う魔術が潜んでいる。

もっとも、人類学や民俗学が教えてくれたように、そもそも「文学」なるものとは、魔術（呪術といってもよい）と不可分に生み出されたものであった（たとえば折口信夫の「国文学の発生」など）。魔術の呪文、呪符、あるいは魔術の由来を説く神話のなかに「文学」が胚胎していたというように……。

さて、本書は、「日本」をフィールドに、文学と魔術とのあいだで繰り広げられる饗宴の場に分け入っていく。どのような世界へと読者諸賢を導くのか、簡単に内容を紹介しておこう。

まずは中世へ。

「判官びいき」で有名な源義経。平安末期から鎌倉初期の激動の歴史を舞台に生きた悲劇の英雄・義経は、また中世日本に生み出された文学、後に御伽草子と呼ばれる物語世界でも主人公として活躍する。そのひとつが『御曹子島渡』である。そこで義経は「平家打倒」の武器として、北の蝦夷ケ島へと渡り、「かねひら大王」が所持する「大日の法」の巻物を手に入れてくる。その冒険譚を読み解くのが、**第一章・金沢英之「中世の物語と呪術・身体」**である。「大日の法」の巻物という秘密のアイテムの正体とは？　解き明かされたのは、「密教修法」のなかで形成された呪術的実践が、「陰陽道の実修」をも取り込み、「兵法書」なるものへと変成していく「物語」であった。その主人公こそ、九郎判官義経であったわけだ。まさしく日本中世が生み出した、魔術的物語の魅惑的な世界を体験させてくれる一篇である。

中世日本に生み出された、秘教的魔術のさらなる深奥へと分け入っていくのが、**第二章・小川豊生「護符の神学——中世神道と魔術の世界」**である。しかし意表を突くように、冒頭に登場するのは、一五世紀のルネサンス期・イタリアの「魔術師」、マルシリオ・フィチーノであった。彼は気息や精気を媒介にして「天体の力」を獲得するための思想や儀式を生み出したのだが、フィチーノとほぼ同時代の日本においても、日月との交感を基本に「天上の力を人の身体のうえに招き降ろす」ことを試みた人物がいた。その名は吉田兼倶《かねとも》。中世末から近世初期の神道界を席捲する「吉田神道」の創始者である。兼倶は天界との通路を開くための神道行法のなかで「護符」（霊符）を用いることを編み出す。そしてなんと、兼倶が所持した自筆の『神祇道霊符印』は、フィチーノが遭遇した、アラビアの魔術書『ピカトリクス』と類似することが発見され、兼倶とフィチーノとのあいだに「神学の刷新のために深い関心を共有していた」という事実が垣間見えてくるのである。それはまた「文学と魔術」の関係が日本／ヨーロッパのあいだで共振するさまを教えてくれるだろう。(2)

続いて近世、江戸時代の奇談の世界へ。「魔術」「魔術師」や「魔女」といういかにも西洋由来と思われる語句が、じつは近世の奇談集『老媼茶話』に出てくることを教えてくれるのが、**第三章・南郷晃子「『老媼茶話』の魔術」**である。「魔術」を駆使する「現世居士《こじ》・未来居士」は人びとを惑わした罪で捕らえられるが、磔の刑場で綱を緩めた隙に鼠になり、また鳶になり虚空に飛び去ってしまう。さらに別の奇談では、豊臣秀吉のまえで「幻術」を披露し、秀吉が若いときに恋仲にあって死んだ恋人を出現させ、女との秘密の語らいまで再現させた魔術師も登場。はたして彼の運命は？そして江戸の魔術師たちは、座敷を海にしたり、大蛇を出現させたとする魔術を繰り広げていくが、その種明かしをする指南書も流行する。江戸時代はまさに「魔術」の時代でもあったのだ。その背後に潜む、「キリシタン」の弾圧の歴史や「魔女」の悪霊、死霊を祓う術の数々を紹介してくれるのだが、その語り口はおもわず物語の渦中へと読者を誘《いざな》ってくれるだろう。なによりも魔術の証拠となる「マジカルなモノ」も出現してくるのだ。

第三章にもちらりと登場したラフカディオ・ハーン（小泉八雲）の『怪談』。それは近世の奇談・怪談と地続きのように見えるが、じつは「オカルト記者」と呼ばれたハーンの、アメリカ時代の心霊主義、降霊術とも繋がっていた。それを明らかにするのが、**第四章・斎藤英喜「ラフカディオ・ハーンに誘われて」**である。死者の霊の声が波間から聞こえる日本海の旅のエピソードの背後にある死霊語りに共感するハーンは、シンシナティの記者時代、降霊術の取材で、自分を裏切った父親の霊が降りてくる現場に立ち会う。そしてブルワー・リットン卿の「幽霊屋敷」の魅力、一八世紀の「ゴシック・ロマンス」の重要性を明治前期の学生たちに語ったハーンが、愛してやまない「出雲」とは、たんなる民俗の古層の世界ではなかった。それは近世国学の平田篤胤《あつたね》の霊学にもとづくこと、また篤胤から発する近代心霊学、魔術の世界へと連なっていくことが見えてくるのである。

ところでラフカディオ・ハーンが、英語で書かれたもっとも恐ろしい小説と絶賛したリットン卿の「幽霊屋敷」は、じつは明治一三年（一八八〇）に『開巻驚奇　龍動鬼談』というタイトルで翻訳・出版されていた。その小説の解読を通して、日本に西洋近代魔術が輸入されていく実態を教えてくれるのが、**第五章・一柳廣孝「西洋近代魔術の到来――井上勤『龍動鬼談』をめぐって」**である。一柳は『〈こっくりさん〉と〈千里眼〉』（一九九四）を始発に、日本近代文学と魔術、心霊の世界にいち早く分け入った研究者だが、第五章では『龍動鬼談』の緻密な解読から近代魔術と「催眠術《メスメリズム》」との関係を解明する。そこで浮かび上がる魔術とは、手品の一種でもなく、かといって未知の超常的な力として意味づけるのでもない。「近い将来に説明可能な現象として捉える科学的な眼差し」である。それは同時代の「心霊学」の主張とリンクし、明治日本における「こっくりさん」の大流行、催眠術、メスメリズム、スピリチュアリズムを同義語ととらえる「心霊」認識の様相から、大正期の谷崎「魔術師」、芥川「魔術」などの文学史的な系譜も教えてくれる。ここで『龍動鬼談』の先進性が明らかにされるのである。

　三島由紀夫が「こっくりさん」を、真剣に行う衝撃的な姿を伝えてくれるのが、**第六章・梶尾文武「三島由紀夫の超常論理――『美しい星』における円盤学と占星学」**である。三島の「お化け」「心霊現象」「空飛ぶ円盤」への異様な関心の高さを教えてくれるが、ここで「空飛ぶ円盤」の実在性ではなく「一個の芸術上の観念にちがいない」という主題が小説化されたのが、『美しい星』であった。三島由紀夫研究のニューウェーブを担う梶尾は、『美しい星』から冷戦時代の核終末論とともに、「円盤」をめぐるユング心理学との相関性や「中世的な占星学の論理」を読み解いていく。かくして本作が紡ぐ「言葉」は、「現が幻かという判断を受けつけない超常的な出来事」として、「銀灰色の円盤」を小説世界に喚起するのである。三島とオカルティズムというテーマがさらに深掘りされていく驚異の一篇である。

　三島の「核の終末論」を実体験した作家が、その体験を小説化したのが、原民喜「夏の花」である。原といえば「被爆作家」という定型化した評価があるが、「近代の科学が解き明かした世界とその上に築いてきた文明が自壊した瞬間に垣間見えた魔術的現実」と読み解いていくのが、**第七章・清川祥恵「崩れ墜つ天地のまなか――原民喜の幻視における魔術的現実」**である。原民喜はおおくの被爆者の証言と共通する「閃光やマグネシューム」という表現とともに、天が墜ち、地面が回転するような体験を「それはまるで魔術のようであつた」としているが、これは厳密には原自身の言葉ではない。原は「原子爆弾」という狂気の兵器を単に「魔術化」するのではなく、むしろそれが二〇世紀の世界に駆使された「魔術のよう」な「現実」の悲惨であったことを、『聖書』の神話的イメージやリルケの「秋の日」（『形象詩集』）とも呼応させ魔術と現実の境界を踏み越えた叙述として記録したのだ。論考のエピグラフは、リルケの「魔術」であった。

本書のフィナーレを飾るのは、Jコミックの世界である。いまや社会現象ともなっている大人気マンガ、吾峠呼世晴の『鬼滅の刃』を、多くのファンの視線に寄り添いながら、あらたな読みを示してくれるのが、**第八章・植朗子**「**『鬼滅の刃』における「鬼」たちの魔術的力――鬼の始祖・鬼舞辻無惨をめぐって**」である。「鬼舞辻無惨《きぶつじむざん》」とは、主人公の竈門炭治郎の家族を皆殺しにした（妹の禰豆子をのぞく）「鬼」の始祖とされる人物だ。鬼舞辻無惨がなぜ「鬼」となったのか。彼が平安時代に出自すること、生後すぐに「死の世界」を体験した男であったこと、さらに「青い彼岸花」という薬の効果が「鬼化」の要因であったという物語の展開の背後に、西洋の吸血鬼との類似点、ルネサンス期の医学者でありつつオカルティックな「錬金術師」でもあるパラケルススの教説などを読み解いていく。ここで読者は、じつは鬼舞辻無惨こそが物語の本当の主人公では……、という思いに導かれるだろう。『鬼滅の刃』が描きだす「魔術」とは、けっして無限の力ではなく、「人間の願いを少しの間だけ叶えてくれるもの」であった。これこそ、二一世紀を生きる、われわれにとっての「魔術」の定義ともいえようか。

以上八章にわたって論じられた本編のほかに、二編のコラムも用意した。

コラム1・渡勇輝「**「法ごと」の消長――佐々木喜善の「魔法」をめぐって**」では、民俗学創世の記念的作品とされる柳田国男『遠野物語』。その「語り手」として知られる佐々木喜善が、「魔法」というタイトルの小説を書いていた事実に注目する。彼は卜占や霊術に傾倒し、晩年には大本教にも接近していた、さらに祖母の姉の「おひで」は、『遠野物語』では「魔法」に優れていたと語られる。そんな喜善が書いた小説「魔法」とは、はたしてどんな作品なのか、それは『遠野物語』とどう交錯するのか……。

コラム2・芦花公園「**虚構の中で魔術を使う**」は、『ほねがらみ』、『異端の祝祭』、『とらすの子』などで、いまや「ホラー界の新星」として注目されているホラー作家による寄稿だ。実作者の芦花公園は、虚構作品で「魔術」を描くテクニックとその難しさを教えてくれる。そしてその結末に、スティーヴン・キングによる、「魔術は存在する」、しかしそれは「小説」のなかの「真実」であるという告白を引く。それにしても、芦花公園がなぜ本書の執筆者になったのか。その「魔術」の謎解きは、コラム本文で。

以上、本書の内容をざっと紹介してみた。これは編者の斎藤の「読み」でもあるので、実際のところは、ぜひ本論をお読みいただきたい。そして文学と魔術が饗宴する場を味わっていただきたい。

短時間のあいだに、熱のこもった論考、コラムをお寄せくださった各執筆者の方々、そして編集・刊行の実務を進めてくれた高梨氏との「ご縁」に感謝を。また、本書の成り立ちに深くかかわる神戸神話・神話学研究会（略して神神神）のメンバーである植朗子氏、南郷晃子氏、清川祥恵氏に特段のお礼を申し上げます。

いや、忘れてはならない。この本を手にとり、読んでくださった多くの読者の方々にお礼を。本書が読者諸賢にとって、あらたな「知」の発見と興奮の読書時間となったことを……。

【註】

（1）アロイジウス・ベルトラン（一八〇七～一八四一）は、イタリア生まれの詩人。三四年の生涯で、唯一「刊行」が見込まれたのが『夜のガスパール』と題された本書であった。しかし生前には刊行されず、埋もれてしまう。本書を世間に広めたのは、ボードレールが『パリの憂鬱』序文で、散文詩の先駆として、ベルトランを称賛したことによる。また日本では、日夏耿之介が本書を翻訳（部分訳）している（「巴里幻想集」・『巴里幻想譯詩集』所収、国書刊行会）。なお日夏は、折口信夫の「詩」に、ベルトランやマルセル・シュオブに近いものを感じたと述べている（座談会「日本詩歌の諸問題」『折口信夫全集』別巻三）。引用は及川茂訳、岩波文庫版による。なお、作品中のレイモン＝リュル（一二三五～一三一五）とは、実在の錬金術師、哲学者、詩人。彼の「魔法書」とは、『アルス・マグナ』という錬金術の教典のこと。以上は、文庫版の訳註による。

（2）魔術によって「天空の生命を下方へと引き寄せる」ことは、文学のテーマでもあった。たとえばウィーンの詩人、フーゴ・フォン・ホーフマンスタール（一八七四〜一九二九）は、次のような詩を書いている。

「私たちの霊は光の天使　け高い主《あるじ》／私たちの内部《うち》には住まず　上空の星座の中に／その椅子を据え　しばしば私たちを孤《さび》しく置き去りにする／けれどもまた　霊は私たちの奥深い中で燃えている炎／――そう私は感じたのだ　この夢をみたときに――／そしてあの遠い空の炎たちと語らいながら／私の内部《なか》に生きている　ちょうど私が私の手のなかに生きているように」（「偉大な魔術の夢」富士川英郎訳『ホーフマンスタール詩集・拾遺詩集』平凡社）。

ちなみに富士川は、当該の詩について「「人と物と夢」の三位が一体となった或る魔的な瞬間の恍惚を歌っている」が、そうした「詩的現実」をあくまでも「知性化された感性を通じて、形象と観念とが交錯し、照応する間に表現」していること、その表現態度を「著しく象徴主義的」と評価している（前掲書「訳者による作品解説と小伝」）。

目次

一．註は章ごとに通し番号を（　　）で付し、各章の末尾にまとめてある。

第一章

中世の物語と呪術・身体

——御伽草子『御曹子島渡』と兵法書「虎之巻」をめぐって——

金沢 英之

はじめに

鎌倉末頃から南北朝・室町時代をはさんで近世初期にいたる時代、後に〈御伽草子〉と総称される短編物語群が叢生した。現代に伝わったものだけでも数百篇にのぼるそれらの物語群は、異類物、武家物、恋愛物、神仏の霊験譚など内容も多岐にわたるが、なかでもとりわけ綺想の横溢する架空冒険譚といえば、源氏の御曹子源義経を主人公とした『御曹子島渡』(1)に指を屈さぬわけにゆかない。

時は源平の戦いの前夜、奥州平泉なる藤原秀衡のもとに雌伏していた若き義経は、平家打倒の秘策を秀衡に尋ねる。そのことならば、これより北の蝦夷ヶ島へ渡り、「かねひら大王」の内裏に伝わる「大日の法」の巻物を手に入れよ、さすればこの日本国は君の思いのままとなるべし、との答えに義経は意を決し、港より船を仕立てて乗り出した。

風にまかせた航海の途次、上半身が馬、下半身は人の姿をした巨人の住む馬人島、男も女も裸で行き交うはだか島、女だけが住み、他所から男が来れば切り刻んで島の守りにしてしまうという女護ヶ島、背の高さわずか一尺二寸ばかりの人びとが八百歳の長命を保つ小さ子島といった奇妙奇天烈な島々を経めぐったのち、ついに蝦夷ヶ島に上陸した義経は、その最奥、鉄の築地に囲まれた「かねひら大王」の城へたどりつく。

義経の眼前に現れた大王は、背の高さ十六丈、八本の腕を持つ恐ろしい鬼の姿だった。大王の面前で得意の横笛を披露してその心をつかんだ義経は、「大日の法」の伝授を所望するが、大王と師弟の契約を結んだ後もなかなか皆伝を許されない。困り果てた義経は、恋仲となった大王の娘、「あさひ天女」という名の美女をかき口説き、「大日の法」を秘蔵した石倉から盗み出すよう懇願する。天女は命を賭して愛する義経の期待に応え、巻物を手渡す。喜んだ義経がこれを書き写すと、不思議にも元の巻物は白紙となった。

かくなるうえは事の顕れぬ先に日本国へ逃れよとの天女の言葉に従い、義経は再び海を渡る。大王の差し向けた追っ手を、巻物に記された法の威力でかわしつつ、義経はようやく元の港から奥州へ帰還したが、鬼の島に残った天女は、怒りに駆られた父の大王の手によって、哀れ八つ裂きにされてしまった。

実は天女は江の島弁才天の化身であり、義経を憐れみ兵法を伝えるために、鬼の娘に生まれてきたのであった。かくて、「大日の法」を手に入れた義経は、日本国を思いのままに従えて、源氏の世をもたらすこととなったのだった……。

この奇想天外な冒険譚の全容とその背景については、かつて論じたことがある。(2) このたびの小論では、義経が鬼の島という異界で手に入れ、新たな時代を切り拓く決め手となった魔法のアイテム「大日の法」とは何だったのかということに焦点を絞って掘り下げてみたい。

物語の冒頭で、秀衡はこの「大日の法」について、「現世にては祈祷の法、後世にては仏道の法なり。この兵法を行ひ給ふものならば、日本国は、君の御ままになるべし」と語る。平家打倒のために必要とする巻物なのだから、中身が「兵法」であるというのはわかりやすい。しかし、それが同時に現世では「祈祷の法」であり、さらに後世には「仏道の法」となるというのはどういうわけか。はたまた、そのような巻物がなぜ「大日の法」と呼ばれるのか。

そうした、『御曹子島渡』の「大日の法」をめぐる種々の疑問について、前著でも若干の考察を試みたが、ここでは新たに得た知見をもとに、より深くまで探索の手を伸ばしてみよう。

一　『御曹子島渡』と虎之巻系兵法書

先に見た『御曹子島渡』のあらすじは、江戸時代前半、一八世紀初頭頃に刊行され流布した渋川版と呼ばれる版本に拠っている。「大日の法」の呼称もこの渋川版にもとづく。しかし『御曹子島渡』にはそれ以前から伝えられた絵入り写本類の存在が知られ、なかでも古態を残すとされる秋田県立図書館所蔵の絵巻『御ざうし島わたり』(3) では、この巻物は「虎の巻」と呼ばれている。

「虎の巻」といえば、現代の読者は受験の参考書などを思い浮かべることだろう。しかし、本来は秋田県立図書館本の例のように、兵法の秘伝を記した書を指す呼称である。「虎」の名を冠するのは、中国の兵法書『六韜』の「虎韜巻」に由来するとされるが、軍神として信仰を集めた毘沙門天の縁日が寅の日であることにも関わるという。(4) 平安時代以来、毘沙門信仰の中心地となったのは京都の鞍馬寺であった。同寺が実際に「虎の巻」伝来の場でもあったことは、鞍馬寺において「虎巻之法」を勤行したことに対する感謝の念を述べた武田信玄の書状[5]が現存することからも知られる。そしてこの鞍馬寺こそは、遮那王と呼ばれた幼い日の義経が、平家の討手を逃れるために預けられ、奥州に下るまでの年月を過ごした地であった。物語の世界で義経と兵法の巻物が結びつく契機は、まずはここにあったわけである。

さて、右の武田信玄の書状からもわかるとおり、「虎の巻」と呼ばれる兵法書は実在した。中世から近世にかけての兵法書類を博捜した石岡久夫は、近世兵法学が成立する以前の古伝兵法学書として都合二五本の伝本を紹介し、構成や伝来系譜により数種の系統に分類しているが、なかでも同書が「修法護身術的要素の濃厚なものを巻頭に有しており、極めて総合的な呪術理念である」[6]と評する一系統があり、いずれも「虎之巻」に類する語を題名に含むことが注目される。この系統に属する伝本として、同書には個人蔵の二本および鞍馬寺所蔵の一本が挙げられているが、今回、そのうちの鞍馬寺蔵『虎之巻』（一七一五年〈正徳五〉写）に加え、同系統のものとして同書に未掲載の名古屋市蓬左文庫蔵『兵法秘密虎之巻』（一六七五年〈延宝三〉写）[7]を披見することを得た。さらに、『虎巻物之法』と題する架蔵の巻子本一巻（一六九八年〈元禄一一〉写）もこの系統に属する。以下、これらの写本（虎之巻系兵法書と総称する）にもとづき、石岡のいう「呪術」性の内実を確認してゆこう。

まずは、比較対照のため、他系統の伝本の代表例として、一三五四年（文和三）以前写、一三一四年（正和三）の原本奥書を持つ、前田育徳会尊経閣文庫蔵『兵法秘術一巻書』[8]から、最初の条を掲げておく。

一、軍神勧請《イクサガミカンジャウ》の事

先《マヅ》、甲冑《カッチウ》を着《チャク》し、弓箭《キウセン》を帯《タイ》して、手《テ》をあらい口をすすぎて、四方をのをの三度《ミタビ》づつ礼《レイ》して、左右の手を内縛《バク》して右《ミギ》の頭指《ヅシ》をなをくたてて、三度去来《ミタビコライ》して、南無九万八千の軍神《イクサガミ》二千八百の師《イクサ》の天等《テントウ》をのをの〈某甲〉が身《ミ》の内《ウチ》に降詫《カウタク》して護持《ゴヂ》をたれ給へといひて、軍神《ユクサガミ》の惣呪《ソウシュ》七反《ヘン》。呪《シュ》に曰はく、

唵阿修利伽帝波羅密吽《アシュリキャティハラミツムン》ソハカ

口伝に云、軍神《イクサガミ》来臨《リン》の瑞《ズイ》相を知《シル》事は、その時に霊《レイ》鳥とびきたりて我軍《ガイクサ》の上《ウヘ》を渡行《ワタリユク》その時に、軍士《グンシ》悉《コトゴトク》力をつきていさみの心出来《ロイデキタ》て神《シン》に通《トウズ》るはかり事はんべり。ふかく信《シン》心をいたすべし。霊《レイ》鳥とは山鳩也《ヤマハトナリ》。其外何《ソノホカナ》に鳥にてもあれ、軍《イクサ》の上《ウヘ》をとび行《ユク》は大吉事と知《シル》べし。我《ワ》が軍《イクサ》の上《ウヘ》より敵《カタキ》の陣《ヂン》へ入《イル》は、殊《コト》に吉事《ジ》なるべし。

後半の「口伝に云」以下は、鳥の飛来という瑞兆によって戦いの勝利を占う、いわゆる軍配兵法に類する内容だが、前半部は、潔斎のうえ両手で印を結び、軍神の護持を祈って惣呪すなわち真言を唱えるというものである。現代においては、手印を結び呪文を唱える行為は忍者のイメージが強いが、そもそもは密教の修法に由来するものだ。密教では、身・口・意の三者から生ずる業を抑え、制御するために、身において手印を結び、口において真言を唱え、意において観想を行う（三密）ことで、悟りの境地を目指す実践とする。そのうちの手印と真言（あわせて印明と呼ぶ）を軍陣の作法に取り入れ、種々の雑多な占術と結びつけたものが、こうした兵法書の内実であったことが知られる。この種の兵法書は四二ヶ条の項目で構成されるものが多いが、いずれの条もおおよそ右に類する内容を持つと言ってよい。

ところが、石岡によって「極めて総合的な呪術理念」と評された虎之巻系兵法書は、大きく異なる様相を示す。鞍馬寺本・蓬左文庫本・架蔵本の三本を比較すると、基本構成として、上巻・中巻・下巻の三部からなる点が共通する。具体的な内容は次節に検討するが、概していえば、各部いずれにおいても、自己の身体を悪鬼も損なうことのできない不壊の身体とみる観想法が示されており、その前後および中途に、各種の印明が挿入される。この印明の挿入箇所を上記三本で較べると、鞍馬寺本・架蔵本は挿入位置・内容ともほぼ同様だが、架蔵本には若干の省略があり、「口イ（口伝）」とのみ記した箇所も見られる。一方、蓬左文庫本は挿入位置・内容ともに他二本と大幅に異なる。これは、実際の修法において、観想法を共通の核としつつ、それにともなう印明に何を用いるかは流儀により異なっていたこと、また、その伝授にあたり、どこまでを書き記しどこまでを口伝に留めるかは、個別の伝授の場による差が存したことを示すと考えられる。

ともあれ、右の概観だけからも、虎之巻系統の兵法書が、印・真言・観想という密教修法的要素を主体として成り立っていることが見てとれよう。無論、先述した『兵法秘術一巻書』のような他系統の古伝兵法書にも印や真言は含まれていた。しかし、ここでは観想も含めた密教修法的側面が、よりむきだしのかたちで顕わになっているのである。

こうしたあり方は、『御曹子島渡』冒頭の、秀衡による「大日の法」の説明の理解を容易にする。すなわち、それが「現世にては祈祷の法」であるのは、まさしく密教の加持祈祷が三密（印・真言・観想）を通じて行われるからであり、それらが同時に悟りへと至る手段であるがゆえに、「後世にては仏道の法」ともなる。そしてそのような法が「兵法」でもあるというのは、これら密教要素の濃厚な兵法書の存在を念頭に置くことで、よりよく理解されるだろう。周知のとおり、密教の本尊は、宇宙の真理である法を身体とする法身仏＝大日如来である。「大日の法」の名も、こうした密教的護身法を核とする兵法書の別名として相応しい。

二　虎之巻系兵法書と天台智顗の身体観

ここまでの検討から、虎之巻系兵法書と『御曹子島渡』との浅からぬ関係がうかがえた。次は実際に虎之巻系兵法書の内容を確認してゆこう。まずは上巻から見てみたい。前後の印明を列挙した部分は省略し、中心となる観想の部分のみを掲げる。(9)

次に我が身は我が身に非ず、地水火風空、青黄赤白黒長短方円を以て五体と為す。頭の円なるは天、足の方なるは地なり。此の体に大骨十二有り。是を以て一年十二月と為す。小骨三百六十四有り。是を以て一年三百六十余箇日と為す。毛髪は草木なり。牙歯は金石とす。眼を開きて昼と為し、目を閉ぢて夜と為す。口より出づる気を風雲と為し、音の出づるは雷電と成す。凡そ眼より青き気の出づるは春の蒼天、肝に通ずるなり。舌より赤き気の出づるは夏の炎天、心に通ずるなり。鼻より白き気の出づるは秋の星天、肺に通ずるなり。耳より黒き気の出づるは冬の玄天、腎に通ずるなり。口より黄なる気の出づるは四季四節の肉形体、戊己の日を以て眼と為す、〔脾に通ずるなり〕。去れば木火土金水を以て我が身体と為す。故に左の肩の上には八万億の玄武神座す。右の肩の上には五万億の玉女神座す。左の脇の下には百万億の青龍神相護りたまふ。右の眼（脇）の下には百万億の白虎神立ち添ひたまふ。前には朱雀〔神立ちたまふ〕。河水流れて三万億の大海と成る。後ろには玄武の山覆ひ、千里の剣林億万里の間に立ち重なれり。頂上には五色の華蓋を頂き、足下には万劫の白亀を踏む。左の手には八万四千の剣を取り、右の手には八万億の鉄金剛鎚を取る。故に相当たる者は殺されざること无し。眼より八万四千の火焔を出だす。見る者は焼き殺されざること无し。然らば則ち此の三界の内に在りと有らゆる悪鬼・悪神・悪霊・悪毒等、何者か吾が結縛の内に有らざらんや。第六天の魔王も我が結縛の内なり。下界の魔神・魔鬼も吾が結縛の内なり。天魔・地魔・地水火風空の身体、何者か我が結縛の内に有らざらんや。然らば則ち吾志す所、某甲。喼急律令の如し。

（略―印明の挿入）

次に我が身は木に入るとも衝かれず、火に入るとも焼かれず、土に入るとも埋もれず、金に入るとも殺されず、水に入るとも溺れず。故に木に入れば則ち金を以て勝ち、火に入れば則ち水を以て勝ち、土に入れば則ち木を以て勝ち、金に入れば則ち火を以て勝ち、〔水に入れば則ち土を以て勝つ。〕千里を行くにも飢えず、万鬼にも逢はず、四方には芳恩を蒙り、歓喜の心を成す。悪盗・悪賊の打擲にも相《あ》はず、万怪・万病は急《すみやか》に平癒す。悪魔・悪鬼は忽ち遠く千里の外に去り、千兵・万軍来たるとも吾に勝つこと無し。悪神・悪霊・毒虫は皆悉く退散し、某甲合掌して天地の守護を蒙り、安穏成就せしむるなり。敬白。

初めに、自己の身体が地水火風空の五大と、青黄赤白黒の五色に象徴される五行からなること、それゆえ身体の各所と、（同じく五大五行からなる）外世界とが相関することが観想される。つづいて、眼舌鼻耳口の五根と青赤白黒黄の五色、さらには春夏秋冬および戊己[10]の日の五時の対応が示され、それが肝心肺腎脾の五臓に通じること、すなわち五根・五臓からなる身体は木（青）・火（赤）・土（黄）・金（白）・水（黒）の五行の顕れであり、それに応じて玄武・玉女・青龍・白虎・朱雀の五神に守護されるさまが幻視される。

つづいて、そのように自己の身体がこの世界を構成する根本因そのものであることを看取すれば、世界の一部たる悪鬼、悪神、魔王、魔神等々を束縛するのも意のままであることを述べ、中略箇所を挟んだ後には、五行の相剋を支配して諸難を避け、天地の守護を蒙ることが祈念される。

ここで、五行（五色）と五臟との対応や、五神による守護を説くくだりは、平安期より発達した陰陽道の反閇法との関連が深い。一一五四年（仁平四）以前の成立とされる『小反閇作法并護身法』[11]に、

木、肝中の青気左耳より出で、化して青龍と為りて左に在り。
金、肺中の白気右耳より出で、化して白虎と為りて右に在り。
火、心中の赤気頂上より出で、化して朱雀と為りて前に在り。
水、腎中の黒気足下より出で、化して玄武と為りて後に在り。
土、脾中の黄気口中より出で、化して黄龍と為りて上に在り。

とあり[12]、また、

南斗・北斗・三台・玉女、左には青龍万兵を避け、右には白虎不祥を避け、前には朱雀口舌を避け、後には玄武万鬼を避く。前後輔翼急々律令の如し。

などとあるのを見れば、その間の類似は明らかだろう。陰陽道の反閇は中国の玉女反閉局法（元来遁甲式占に付随する占法で、出行すべき方位が存在しない場合に、「閉」（＝閇）の状態を「開」に反転させる呪術）に由来する。[13]玉女反閉局法において、玉女は行者の祈誓に応じ鬼邪から行者の身体を守護する神格であり、『小反閇作法并護身法』においてもこの性格は引き継がれているが、加えて同書では、自己の身体中の五臟から五神（そこでは青龍・白虎・朱雀・玄武の四神および黄

龍）を呼び出し、自身の前後左右と上方を守護させる観想のなされることが注意される。これは本来の玉女反閉局法には見えない作法であり、陰陽道の反閉は、この点で自己の五臓と五行や五神との対応に重点を置いたものとなっている。虎之巻系兵法書が取り入れたのもそうした要素であった。

一方、冒頭部「頭の円なるは天」以下のくだりは、中国天台宗の大成者智顗《ちぎ》（五三八～五九七）による止観（瞑想・観想）法の講述の記録『釈禅波羅蜜次第法門』[14]（『禅門次第』）に、出所と覚しい箇所がある。その第七之四、修證通明観のうち、釈内世間与外国土義相関相、すなわち自己の身体と外世界との相関を説く箇所に、

> 行者三昧智慧願智の力もて身を諦観する時、則ち此の身は具さに天地一切の法俗の事に仿《なら》ふと知る。所以は何ぞ。此の如き身相、頭の円なるは天に象《かたど》り、足の方なるは地に法《のっと》る。（略）大節の十二は十二月に法り、小節の三百六十は三百六十日に法る。鼻口より出ずる気息は山沢渓谷中の風気に法り、眼目は日月に法り、眼の開閉は昼夜に法り、髪は星辰に法り、眉は北斗と為り、脈は江河と為り、骨は玉石と為り、皮肉は地土と為り、毛は叢林に法る。

とある。またこれにつづいて、

> 五臓は内に在り。天に在りては五星に法り、地に在りては五岳に法り、陰陽に在りては五行に法り、（略）心は朱雀と為り、腎は玄武と為り、肝は青龍と為り、肺は白虎と為り、脾は句陳と為る。

と、ここでも身体の五臓をベースに、天地や五行、五神等との対応が示されている。『禅門次第』の五臓観には、五世紀の北魏で作成された偽経『提謂波利《だいいはり》経』が、仏教の五戒と、中国伝統思想の五行や五臓との対応関係を説いたことの影響が指摘されている[15]。また、身体と天地の照応を説くくだりは、『黄帝内経霊枢』[16]邪客第七十一に、

黄帝、伯高に問ひて曰く、「願はくは聞かん、人の肢節の以て天地に応ずること奈何《いかん》」。伯高答へて曰く、「天は円にして地は方なり。人の頭は円にして足は方なり。之れを以て応ず。（略）歳に三百六十五日有りて、人に三百六十節有り。（略）歳に十二月有りて、人に十二節有り。（略）此れ、人と天地との相応ずる者なり」。

とあるのなどに拠っていよう。類似の章句は、前漢の『淮南子』天文訓および精神訓や、後漢の『文子』九守などにも見える。智顗はこれらの書に基づきながら、すべての外世界が自己の身体（五臓）に発するものであり、それらを司る心に正法を行うことで制御し、調和を図るべきことを説く。虎之巻系兵法書は、それを枠組みに据えることで、同じく五臓に五行や五神を対応させる陰陽道的護身法をも取りこみながら成り立つものであったと、まずは見通すことができる。

しかし、『禅門次第』（釈成覚五支義）では、

大覚は一切の外の名義は別なりと雖もしかも実体無く、但五臓に依ると覚る。肝に因りて不殺戒・歳星・太山・青帝・木魂・眼識・仁・毛詩・角性・震等の諸法を説けるが如し。此れらの諸法、肝に異ならず。（略）肝等の諸法は無常にして生滅異ならず、四臓等の諸法も無常なることを覚るを大覚と名づく。（略）此の肝等の諸は本来空寂にして、異相有ること無きを覚るを大覚と名づく。

というように、畢竟、自己の身体も外世界も無常であり、一切は空であるという悟りに至ることに主眼があった。虎之巻系兵法書が、我が身を「木に入るとも衝かれず、火に入るとも焼かれず」といった不壊の身体と観じることとの間には、小さくない径庭が存在する。その間の飛躍を可能にしたものは何だったのだろうか。

三　身体観の密教的変成

ここで、虎之巻系兵法書の下巻に目を転じてみよう。そこにはこうある。

我が身は我が身に非ず、虚空の地水火風空青黄赤白黒を以て我が身体と為す。故に虚空神と名づく。三世の諸仏、九代の祖師なり。一には法身の理、二には応身の文殊なり。𑖀𑖨𑖢𑖓𑖡。吾但方便を以て別人と成り、他人と成り、通人と成る。故に九十九種の外道の有るは皆以て吾が弟子なり。先づ阿羅々外道・赤色外道・黄色外道、三明六通にして各々六百万七千八百の弟子を具足せる、皆是れ我が弟子なり。極大自在と云ふ外道も我が一の化身なり。所知魔王と云へるも吾が一の化身なり。大荒神と云ひ、多婆天・火婆天・水婆天と云へるも我が一の化身なり。[17]故に我大なる時は三千大千世界に満ち、小なる時は一毛に至る。然らば則ち諸経論等に説く所の守護神等は皆我が仏法護持の使者なり。何ぞ悪神・悪霊を結縛して打ち死なせ給はざらんや。

ここでも、自己の身体が五大・五色（五行）からなり、一切の存在が自身に他ならないことが繰りかえされるが、その中に引かれた真言（𑖀𑖨𑖢𑖓𑖡＝アラハシャナウ）に注目したい。これは、直前に名の見える文殊菩薩の真言であるが、なぜここに文殊の真言が登場するのだろうか。

その謎を解く鍵が、日本天台宗に伝えられた三種の密教儀軌（密教修法の手順や詳細を記した書物）『仏頂尊勝心破地獄転業障出三界祕密陀羅尼』（以下『破地獄陀羅尼』）、『三種悉地破地獄転業障出三界祕密陀羅尼法』（以下『破地獄陀羅尼法』）、『仏頂尊勝心破地獄転業障出三界祕密三身仏果三種悉地真言儀軌』（以下『破地獄儀軌』）に存在する。[18]このうち最も簡略なかたちをもつ『破地獄陀羅尼』[19]から見てみよう。そこでは、七度地獄に堕ちる災いをも摧破する力を持つ真言として「阿鑁藍唅欠」（アバンランカンケン）の上品悉地（秘密悉地・蘇悉地）真言が示され、そこへ至る階梯として、中品悉地（入悉地）の真言「阿微羅吽佉」（アビラウンケン）[20]・下品悉地（出悉地）の真言「阿羅波遮那」（アラハシャナウ）が掲げられる。悉地《しっち》はサンスクリットsiddhiの音訳で成就の意。密教の修法により到達する境地を指す。

この三種悉地の真言のうち、中品のアビラウンケン（𑖀𑖪𑖰𑖨𑖮𑖳𑖽𑖏𑖽）は密教の本尊大日如来（胎蔵界）の真言であり、その基本形たるアバラカキャ（𑖀𑖪𑖨𑖮𑖏）の五字は地水火風空の五大（五輪）を象徴する。上品のアバンランカンケン（𑖀𑖽𑖪𑖽𑖨𑖽𑖮𑖽𑖏𑖽）はこの五大の五字を別様に展開させたものである。そして下品に割り当てられたのが、文殊の真言であるアラハシャナウであった。

『破地獄陀羅尼』は三種の真言について、「出悉地は化身成就、入悉地は報身成就、秘密悉地蘇悉地は法身成就なり」とする。ここでは、三種の真言が法身《ほっしん》・報身《ほうじん》・化身《けしん》の仏の三身に配当されているが、虎之巻系兵法書の下巻が挙げる文殊の真言は、そのうちの化身仏に相当する。仏の三身のうち、法身仏は宇宙に遍満する法そのものを身体とする仏で、とくに大日如来を指す。報身仏は何千何万劫にもわたる修行の結果得た円満完成された身体を持つ仏のこと。そして化身仏（応身仏とも）は、釈迦や薬師、阿弥陀など、法身としての根源的な仏が衆生済度のために姿を変えてこの世に現れた個々の仏を指し、さらには仏教以外の各地の神々、聖人などもこの化身の範疇に包摂される。

虎之巻系兵法書下巻の文脈に立ち戻れば、ここで化身仏（応身仏）である文殊菩薩の真言を唱えることで、各種の外道（仏教以外の修行者）から魔王・荒神までもが、法身仏たる大日如来（それは「我が身体」中の「地水火風空」を通じて「法身の理」と一体化した行者自身である）の化身であることを観想し、その力を我がものとする方法を示していると読み取れよう。

さらに、『破地獄陀羅尼』が秘密悉地真言の功徳を述べる部分には、

> 阿字は金剛部にして肝を主《つかさど》る。鑁字は蓮華部にして肺を主る。覧字は宝部にして心を主る。唅字は羯磨部にして胃を主る。欠字は虚空部にして脾を主る。

と、五字の真言と五臓（ただし肺を六腑の一の胃に置き換える）との対応が示されている。ここで、密教特有の文字観に

も目を向けておきたい。一切の差異のない絶対平等の境地、すなわち涅槃に至ることを究極の目標とする仏教にあって、名づけによって一を他から区別することば＝文字（仏教では、しばしば書かれた文字だけでなく口頭の音声も文字と呼ぶ）[21]は、迷妄の世界を生み出す差異そのものである。真理はことばで表すことができないという〈言語道断〉の思想もそこから生じる。ところが、そのことば＝文字を、仏の真理の顕れとする逆説に立脚するのが密教の文字観である。[22]そうした文字観を踏まえてこの箇所を受けとれば、自己の身体は五臓と五字の対応を通じて仏の真理、「法身の理」と結びつくことになる。

一方、『破地獄陀羅尼』を発展させた『破地獄陀羅尼法』『破地獄儀軌』には、より具体的な観想法が示されている。いま『破地獄陀羅尼法』を見れば、そこには以下のような記述が見える。

凡そ人の汗栗駄《かりだ》心〈此れ真実心を云ふ〉の形は、猶蓮花の合して未敷の像《かたち》なるが如し。（略）此の蓮花を観じて、其を開敷せしめ八葉の白蓮華と為す。此の台《うてな》の上に阿字を観じて金剛色と作《な》す。（略）八葉の位を為し、臍より心に至るを金剛台（海中に立てる茎なり）と為し、臍を大海と為す。臍より已下は此れ地居の諸尊の位なり。海岸の辺に在るなり。（略）復《ま》た暗字の頂上に在るを観ず。転じて中胎蔵と成る。此の字より三重の光焔生ず。

身内の心臓（汗栗駄心）をつぼみの状態の蓮花に見立て、それが花開いた上にダイアモンドの阿字を観想する。その蓮花は臍の大海中から伸び、周囲の海岸を諸尊格が取り巻いている。さらに、頭頂に阿（𑖀）字の展開である暗（𑖀𑖽）字を観想し、そこから三重の光の輪が発出される。引用につづく部分では、光の輪が行者の喉・心臓・臍の位置をとりまく三重の曼陀羅となるさまが語られてゆく。すなわち、自己の身体は曼陀羅の諸仏に囲繞せられ、自身はその中尊たる大日如来と合一するのである。[23]

また、『破地獄儀軌』には、

又、身内に大海の在るを観ず。其の底に鉢羅字有り。色は金色なり。其の字変じて金亀と成る。是れ仏性なり。其の亀の上に蘇字有り。変じて須弥山王と成る。其の山の上に阿字有り。変じて種種の色微妙の金剛地輪と成る。輪の上に三十八肘の道場有り。暗字変じて三重の摩尼宝殿と成る。即ち欲・色・無色界なり。

と、自己の身体中に欲界・色界・無色界の三界からなる外世界の建立を見てとる観想法が示されている。これらと、虎之巻系兵法書の中巻に、

我が身は我が身に非ず、金剛の全身なり。頭は五須弥山、腹は四大海なり。背は大地、左右の眼は日光・月光、臍の中に千葉の蓮華を開き、百億の須弥山、百億の鉄囲山、百億の大海、百億の大小の江河、百億の梵天・帝釈、百億の焔魔法王、百億の諸天、百億の大小の神祇、百億の鬼神・大力夜叉、百億の天上・天下、百億の南閻浮提の十六大国・五百中国・十千小国・無量粟散国の内の有らゆる大小の諸神は皆吾が地水火風空の身体の化身なり。我は是れ吉祥の金剛体なり。是れ法身の如来なり。上に説き明かす所の神祇・冥道も、是れ吾が身体の内に在る所の身命なり。但し百億の方便を以て衆生を度さんが為に化身するなり。

とあることとの間に、類縁の発想を見てとることは難しくない。

おそらく、こうした儀軌を介してもたらされた密教的な身体観・五臓観により、無常であり厭うべきものであった智顗の五臓は、仏の真理を根源とし、それを自覚することで自己と法身仏大日如来の同化を果たし、障礙を破すための法へと変成された。まさしく「大日の法」と呼ぶべきものがそこに姿を現したのである。

密教修法の中で形成された呪術的実践が、陰陽道の実修をもとりこみつつ、兵法書というメディアを介して浸透し、あらたな物語を生み出してゆく。中世という時代に特有の文化構造の一断面を、そこにみとめることができよう。

おわりに

御伽草子『天狗の内裏』(24)は、『御曹子島渡』に語られる以前、鞍馬山に預けられ、仏道を学んで育った少年の日の義経を描く。十三歳になった義経は、ある日、鞍馬の山奥に天狗の内裏を探しあて、大天狗に連れられて大日如来となった父の義朝と対面する。その父と義経の交わした問答中に、以下のような一節がみえる。

又問ひ給はく、「金剛の正体とは奈何。疾《と》く申せ」「さん候。金剛の正体といっぱ、木の恩にて木に入り、火の恩にて火に入り、水の恩にて水に入り、金の恩にて金に入り、土の恩にて土に入り、切るも切られず、焚《や》くも焚かれず、手にも取られず、目にも見えず。唯そのまゝの正体なり」。

ここにいう、切ることも焼くこともできない「金剛の正体」が、いかなる思想に裏打ちされた身体であったか、もはや説明の要はないだろう。中世の物語・謡曲・幸若舞等を通じて最も人気を博した超人的英雄としての義経は、かような身体を生きたのだった。さしずめ現代であれば、科学という技術知《テクネー》によって全身を強化され、変身を遂げるヒーローといったところか。

科学が現代世界における人の生を支配する知の体系であるように、中世において、密教や陰陽道は、人の命運や事の吉凶を左右する呪術的・実践的な知としての側面を有した。それらを総合した技術知に支えられたものとして、『御曹子島渡』の義経の身体を読み直す必要があるだろう。

【註】

(1) 大島建彦校注・訳『御伽草子』（小学館日本古典文学全集、一九七四年）による。

(2) 金沢英之『義経の冒険』（講談社、二〇一二年）。

(3) 大島健彦・渡浩一校注・訳『室町物語草子集』（小学館新編日本古典文学全集、二〇〇二年）による。書写年代は寛永〜寛文年間（一六二四〜一六七三）頃と推定される（横山重『室町時代物語集』第五（井上書房、一九六二年）解題、四九七頁）。

(4) 大谷節子「「張良一巻書」伝授譚考」徳江元正編『室町藝文論攷』（三弥井書店、一九九一年）三一四—三一五頁。

(5) 一五七二年（元亀三）のものと推定される。参照、橋川正『鞍馬寺史』（鞍馬山開扉事務局出版部、一九二六年）一一八—一一九頁。

(6) 石岡久夫『日本兵法史』上（雄山閣、一九七二年）、四一頁。

(7) 註（4）前掲大谷論三一〇頁に言及がある。なお、高木元江「兵法秘密虎巻」（『金城国文』53、一九七七年）に、蓬左文庫蔵本ときわめて近い関係にあると思われる写本の内容が一部紹介されている。

(8) 深沢徹編『日本古典偽書叢刊』第三巻（現代思潮社、二〇〇四年）所収の翻刻による。引用に際し、振り仮名の清濁を改めた。

(9) 引用にあたっては、比較的本文損傷の少ない鞍馬寺本を底本とし、類縁の本文を持つ架蔵本で校訂し、訓み下した。〔 〕内は、鞍馬寺本・架蔵本の欠落を、蓬左文庫本を参考に推測して補った箇所である。なお、鞍馬寺本は実見および写真、蓬左文庫本は紙焼き写真による。

(10) 甲・乙・丙・丁・戊・己・庚・辛・壬・癸の十干のうち、中央の戊・己にあたる日の意。すなわち一〇日ごとの二日で、一年のうちの五分の一となる。

(11) 村山修一編『陰陽道基礎史料集成』（東京美術、一九八七年）所収の影印により訓み下した。

(12) この観想は、北宋・劉温舒『素問入式運気論奥』（一〇九九年（元符二）序）附載の「黄帝内経素問遺篇」（最古の医書『黄帝内経素問』散逸部分（刺法論第七十二）の遺篇とされるもの）に、伝染病患者の部屋に入る際の護身法として、「先づ青気肝より出で、東に左行して化して林木と作《な》るを想へ。次に白気肺より出で、西に右行して化して戈甲と作るを想へ。次に赤気心より出で、上に南行して化して焰明と作るを想へ。次に黒気腎より出で、下に北行して化して水と作るを想へ。次に黄気脾より出で、中央に存して化して土と作るを想へ」（四庫全書本により訓み下した）とあるような、五臓―五気―五行を対応させる考えに基づき、そこに青龍・朱雀・白虎・玄武をはじめとする神々による守護の思想（玉女反閉局法に青龍・朱雀・勾陳・白虎・玄武・六合の六神による守護を祈誓するくだりがある）を結びつけたものであろう。

(13)「反閉」（「反閇」）については、小坂眞二「陰陽道の反閇について」村山修一他編『陰陽道叢書』4（名著出版、一九九三年、礎稿初出は一九七九、一九八〇年）、酒井忠夫「反閉について――日・中宗教文化交流史に関する一研究――」『立正史学』66（一九八九年）、八木意知男「特殊歩行の儀――反閇と禹歩――」『神道史研究』38（一九九〇年）、斎藤英喜「「道の傑出者」『安倍晴明 陰陽の達者なり』（ミネルヴァ書房、二〇〇四年）、田中勝裕「『小反閇并護身法』の一考察―「天鼓」と「玉女」をめぐって―」『佛教大学大学院紀要』33（二〇〇五年）、大野裕司「玉女反閉局法について」北海道大学大学院文学研究科『研究論集』6（二〇〇六年）等を参照。

(14)大正新修大蔵経本（T1916）により訓み下した。

(15)中嶋隆蔵「疑経に見える疾病・養生観の一側面――『提謂経』とその周辺――」坂出祥伸編『中国古代養生思想の綜合的研究』（平川出版社、一九八八年）六五二―六五三頁。

(16)前漢代の成立とされるが、現行本は南宋・史崧が一一五五年（紹興二五）に校訂したもの。四部叢刊本により訓み下した。

(17)荒神は平安末期以降の文献に登場する仏法障礙神の称（伊藤聡「第六天魔王譚と荒神信仰」『中世天照大神信仰の研究』（法藏館、二〇一一年、初出一九九八年）一五〇―一五三頁、松岡心平「毘那夜迦考―翁の発生序説」同編『鬼と芸能 東アジアの演劇形成』（森話社、二〇〇〇年）二四五―二四九頁）。これが中世に宇賀弁才天の信仰と結びつくが、その典拠の一となった偽経『仏説宇賀神王福徳円満陀羅尼経』に、「荒神ノ上首」として「多婆天王」の名が見え、また『仏説大荒神施与福徳円満陀羅尼経』では、「多婆天王」を荒神の別名とする（山本ひろ子「宇賀神――異貌の弁才天女」『異神』下（筑摩書房、二〇〇三年、初出一九八九年）三七、四一頁）。陰陽道の祭文を集成した若杉家文書『祭文部類』所収「荒神之祭文」（一五八三年（天正一一））にも、勧請される神々の中に「多婆天王」の名が見え（註（13）前掲小坂論一二九頁、室田辰雄「『文肝抄』所収荒神祓についての一考察」『佛教大学大学院紀要』35（二〇〇七年）六九頁）、陰陽道の祭式を通じてとりこまれた可能性もある。なお、火婆天・水婆天は未詳。

(18)従来、これらの儀軌は唐代の偽撰と考えられてきたが、陳金華「傳善無畏所譯三部密教儀軌出處及年代考」（方廣錩主編『CBETA電子佛典集成 藏外佛教文献』第四輯（北京・宗教文化出版社、一九九八年）は、これらに円珍『決示三種悉地法』や空海『念持真言理観啓白文』を出所とする章句が存在することを指摘し、日本撰述の偽経であることを論証した（四一二頁）。加えて陳は、三種のうちの原形と考えられる『破地獄陀羅尼』の成立に、天台宗の密教化を大成した五大院安然（八四一頃〜九一五頃）が関わった可能性を指摘している（四一六頁）。

(19) 以下、『破地獄陀羅尼』『破地獄陀羅尼法』『破地獄儀軌』は、大正新修大蔵経本（それぞれT907、T905、T906）により訓み下した。

(20) 原文のままでは「アビラウンケン」とは読み難いが、『破地獄陀羅尼法』に中品悉地の真言を「阿陀羅吽欠」とするのによる。

(21) たとえば空海（七七四〜八三五）『声字実相義』（『空海コレクション』2（筑摩書房、二〇〇四年）の北尾隆心による訓み下しにより、一部を私に改めた）には、「この十界所有の言語は、皆声に由って起る。声に長短・高下・音韻・屈曲有り、此れを文と名づく。文は名字に由り、名字は文を待つ。（中略）此れ則ち内声の文字なり」とある。

(22) 註（21）前掲『声字実相義』のつづきに、「この阿字等は、則ち法身如来の一一の名字密号なり。（中略）名の根本は、法身を根源とす。彼より流出して稍《やうや》く転じて世流布の言と為らくのみ」とある。

(23) こうした五字からの世界の生成、その中心仏たる大日如来と自己との合一を観想する方法は、密教において「道場観」として定着する。神道をはじめとする中世文化へのその広い影響については、小川豊生「三界を建立する神――北畠親房・渡会家行と危機の神学」『中世日本の神話・文字・身体』（森話社、二〇一四年、初出二〇〇六年）に詳しい。

(24) 島津久基編校『お伽草子』（岩波書店、一九三六年）所収の一六五九年（万治二）版本からの翻刻による。

＊貴重な資料の利用の機会を賜った鞍馬寺および名古屋市立蓬左文庫に感謝申し上げます。

第二章

護符の神学
——中世神道と魔術の世界——

小川　豊生

はじめに――天界より導かれる生

国王コジモ・デ・メディチの「魂の医者」といわれ、ミケランジェロやレオナルドやラファエロの作品にも大きな影響を与えたマルシリオ・フィチーノが、霊魂の神性をめぐるバイブルともなった『プラトン神学』（全十八巻）を刊行したのは一四八二年。さらに、気息や精気を媒介に天体の力を獲得するための思考や儀式をうみ出した、有名な『天界によって導かれるべき生について』を著したのは一四八五年のことである。

異教の伝統とキリスト教神学とを一つに結び合わせようとしたフィチーノは、新プラトン派の注解によるプラトン研究に対して、偽プラトンによるヘルメス主義の諸作品を決して差別することなく、後者の真正の権威を躊躇なく認めていた。(1)

ちょうどその頃、極東の日本もまた、ながく中世をかたちづくってきた霊魂の神性をめぐる神学的地平が、ある人物の出現によってはげしく転回をとげていたことは、不思議な遇合というべきだろうか。

その人物とは、吉田兼倶（一四三五～一五一一）のことである。いわゆる吉田神道における中核的な書物ともなる『神道大意』や『唯一神道名法要集』、あるいは『日本書紀神代巻抄』といったテキスト群が続々と生み出されていくのは、一四八〇年前後の時期であった。兼倶はそれ以前のあらゆる伝統的神道言説や三教（儒教・仏教・道教）を吸収しつくし、なおかつ日月との交感を基本とした魔術によって「天空の生命を下方へと引き寄せる」ことを試みた。こんな試みをあれほど大胆な方法でやってのけたのは、日本ではじめてであったと言ってよい。

なにがそんな試みに導いたのかといえば、彼の神学の営みが飢饉や戦乱や一揆であけくれる日々、あらゆる伝統的なものが崩壊したさなかで進められていたという事実がまず思い浮かぶ。

文明五、六年には著名な古典学の泰斗、一条兼良が、応仁の乱を避けて奈良へと疎開した公卿や僧侶たちのために『日本書紀』を講じたが、兼倶もまた十二年には将軍邸や宮中に召され、足利義政や後土御門天皇のために『日本書紀』を進講するに至っている。この類例のない災禍のなかで、いったい兼倶の神学の何が人々を惹きつけたのか。たとえば次のような言葉のなかに、その理由の一端を見出してもいいかもしれない。

人は天地の霊気を受けて色心二体の運命を保つ者也。…日月は天地の魂魄なり。人の魂魄は則ち日月二神の霊性なり。故に神道とは、心に守る道なり。…是を守らざる時は鬼神乱れて災難をこる。唯《ただ》己心の神を祭るに過ぎたるはなし。(2)

天地の霊気を受け、「日月二神の霊性」に目覚めることを説くこの兼倶の斬新な言説には、教説を偽造するいかがわしさを超えて、「災難」を生きる人々に自ずから浸透していく何かがあったはずである。ちょうどそれは、「星辰の力の流出と波動による世界の「気息《プネウマ》」による一体性、そこから到るところに生じる調和的な照応と一致を、力強く描出することになる」(3)あのフィチーノのように、あるいは、大宇宙と小宇宙(人間)の照応を基盤とする統一的世界観を、崩壊した中世農民世界の断片から形成しなおすことを目指したパラケルススのように、である。

一　日月の霊性

兼倶の関心は、いかにして天上の力を人の身体のうえに招き降ろすかというところに置かれていた。それが可能だとつよく確信できたのは、天道の運行と一個の人間の身体生理とがいかに相呼応するものであるかについての、たとえば次のような思考が前提におかれていたからだ。そのいくつかの断片を摘記してみよう。(4)

＊　天道の循環と、人の息とは合也。運命と云は、運は天のはこぶ也。命は天の使なり。人々具足の運命是れ也。人々運命尽れば則ち災難あるぞ。無病なるもの、静かなる時は三十六息に、天道の一度めぐると能く合ぞ。

(兼倶自筆『中臣秘抄』)

＊　出入りの息風、即ち日・月也。出息は魂也。入息は魄也。出入息風をたもつは、日・月の道也。（同）

＊　胸中に無心にして天地同根、日月同体さとる外は、無物也。日月の行度をみるに、無心の心より、天道四時を行じ、無念の念より、万物衆生を生ず。此れ日月陰陽の徳也。此れを以て日月の霊性をさとる也。

（「秡の重位」、兼倶自筆本の写し）

＊　天の運命と息風とは同也。大禅定に入り、一心不動、則ち其の気息と天道の運転相合うべし。

（『日本書紀神代巻抄』第二）

運は天がはこぶものであり、命は天の使いである、この「運」と「命」が尽きたとき、人の力ではどうすることもできない災難が避けがたく起こるものだ——応仁・文明の室町を生きた人間にのみ可能な証言のように聞こえてくるが、そうであればこそ、胸中を「無心」にして、「天地同根」、「日月同体」を悟る外には術が無いのだという断言もまた重く響く。己れを天道の無心に合せ、「天の運命と息風」を一つにし、「大禅定に入」る、要するに「日月の霊性をさとる」ところにしか生き道はない、そう語りかけてくるようだ。こうした断片に接するとき、先祖の名を騙り、書物や系譜を捏造し、伊勢の宝器の降臨を演出するといった、この上なくいかがわしさを発散する人物イメージの奥で、天道と己身（心）とが照応するところに全てを賭けるしかないと決断した、もう一人の兼倶のすがたが浮かんでくる。

ところで、天界との通路をひらこうとした兼倶が、新たに創出した神道行法のなかで、「護符」（「霊符」）を用いているという一件は、〈神道と魔術〉をテーマにするこの論考にとって、きわめて興味をそそられるものがある。ちなみに、冒頭で取りあげたフィチーノもまた、護符につよい関心をもっていたことはよく知られており、その点でも兼倶とますます重なってみえてくる。

兼倶が道教から深い影響をうけていたことは、行法の面からも教理的な面からもいえることだが、とくに注目されてきたのは、道教経典の一つ『太上玄霊北斗本命延生真経』やその註解である『太上玄霊北斗本命延生真経註』（徐道霊作、以下これを『延生真経註』と略称する）などとの関係である。これらの経典は、中国で一四四五年（明の正統一〇）に編纂された『正統道蔵』に収録されているもので、兼倶も親しい五山僧あたりを通じてその収録本を読む機会があったものと推測されている。(5) 護符（道教ではこれを「霊符」と呼ぶ）に接したのもそのときで、のちに道蔵本の『延生真経註』巻五から霊符印のみを抜き出し、『神祇道霊符印』としてまとめてもいる。(6) 霊符はもともと中国の民間道教において盛んに流布していたもので、長寿延命、疾病除去などの現世利益への期待をつよく担っていた。兼倶はもともとの道教への関心に加えて、この霊符を神道世界にはじめて取り込んだわけだ。吉田文庫には兼倶が自ら筆写したと思しい『太上説北斗元霊本命経』の注釈書も収められているようだ。

では、新来の道教経典から得た「霊符」を彼はどのように用いたのだろうか。その一端をのぞいてみよう。

二 『唯神道大護摩次第』と霊符

神道行法への「霊符」の導入、この大胆な試みが実行に移されたもの、それが『唯神道大護摩次第』（以下、『護摩次第』と略す）と題されたテキストである。このテキストは吉田神道において「三壇行事」と呼ばれる最奥の行法のなかに位置づけられている。その三壇行事とは、三元十八神道行法、宗源妙行神道、神道大護摩法という三種の行事をいい、なかでも最上の行法が神道大護摩法である。同時に、それが実際の行事として執行される際の式次第を示したものが『唯神道大護摩次第』だということになる。他の行事を圧倒する大規模なもので、初段の神変妙壇、中段の神通妙壇、後段の神力妙壇の三壇が、さらにそれぞれ四段に分かれ、すべて十二段の式次第によって構成されている。(7)

ではその行法はどのようなものであったか、まず祭場から覗いてみよう。別掲の図で確認されるように、祭場の奥には日像の幣と月像の幣が大机（朱漆）の上に並べて建てられている（次頁の図1）。(8) その手前には、その日月二神に捧げられる太麻《おおぬさ》が朱漆の筒に入れられて置かれ、さらにその手前に八角の護摩壇（朱漆）が設えられている。いうまでもなく護摩を焚くのは密教の修法においてだが、兼倶はその密教からも多くを学んでいる。

ただし、ここで密教から援用したのは行法としての護摩であって、八角の壇じたいは別にもとづくところがある。つ

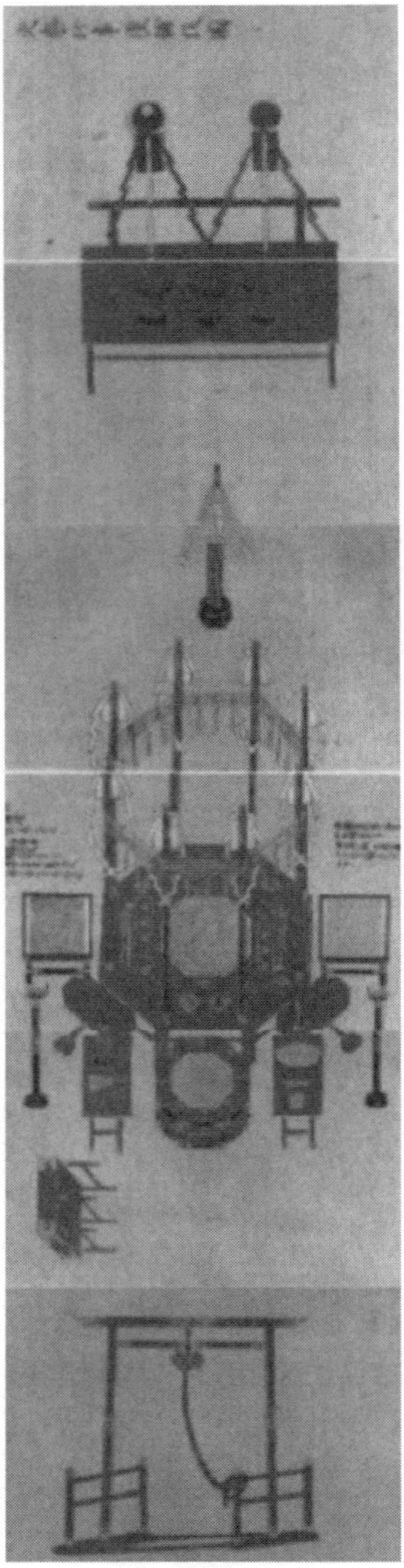
図1

づいて見るように、この祭場は「八」の数で満たされている。護摩壇の中央には石で造られた八角の火炉がみえ、壇の周りからは八本の白幣が立錐し、それぞれを囲繞して八角に注連が亘されている。設えの器物の多くが八角形もしくは八と何らかに関わるのは、『周易』の八卦の思想に基づくもので、万物はすべて八卦から生じ、全宇宙空間を八角形と捉える宇宙論が背景にある。

たとえば、兼倶が構想した神道行法やテキストのうちに「日月行儀」あるいは「陰陽行儀」と呼ばれるものがある。日（陽神）、月（陰神）の二神をめぐって、易の原理と神代の国生み神話、および日月の運行という天文の世界とが重ね合わされ、しかもそこに男神・女神との性戯をあらわす摸擬的な所作が演出されるという、じつに巧みにつくられた行儀である。その行法じたいがまた『易』の「説卦伝」によるいわゆる「八卦方位の図」（八角盤）をベースにつくられていることも驚くべきことで、兼倶における易の重要性が色濃く窺えるが、ともかく「神道大護摩法」を行ずる中心の護摩壇もまた、同様の思想的裏付けがあったことがわかる。

話をもどせば、その壇の正面手前には八角の高座（行事を取り仕切る「長官」の座となる）、壇の左右には脇座（行事次第に登場する「水官」「火官」または「木官」が着座する場所）がみえる。高座の左右には脇机や燈台があり、机上には八角形の香炉や檜扇などの用具が置かれている。さらに、これまた八角につくられた二基の朱漆の台が、壇の手前斜め左右に据えられているが、問題の「霊符」が置かれるのはまさにこの台上である。置かれた位置からも、この行において「霊符」がもつ役割の重要性を窺うことができるだろう。

行事の遂行される場がどのようなものであったかを確かめてみたが、ではこの行事において問題の「霊符」はどのように用いられることになるのだろうか。長大なこの儀礼の全体を大まかに捉えれば、じつは行事進行のほとんどを占めるのは「祓《はらえ》」と「加持《かじ》」の次第である。この両者がさまざまに内容を変えながら長大な時間を割いてくり返されることになる。そのうちたとえば「六根清浄加持」では次のような誦文が唱えられる。

（我が身の）六根清浄なるが故に五臓神君安寧なり、五臓神君安寧なるが故に天地の神と同根なり、天地の神と同根なるが故に、万物の霊と同体なり、万物の霊と同体なるが故に、為す所、願いとして成就せざる無し。

式に臨んだ者は、加持の対象となる自らの身体が万物の霊と一つになる実感とともに、所願成就の予感を得ることができたに違いない。また、「三元表白」では、太元尊神、国常立尊、天御中主尊、伊弉諾尊、伊弉冉尊、以下、天神地祇八百万神々に捧げられる表白文が読まれ、「万宗拝礼」という儀礼では、「太元日尊」「太元月尊」「太元星尊」と命名された日・月・星の三尊を拝礼する。「霊符」が登場するのは、長々と続く初段の行事の七割がたを終えた段階で、神鈴を三十六度振って日尊・月尊の来臨を請い招き、「印」を結び、「明」が唱えられる。

「火水の両官」（この行事で火と水に関わることを担当する行者）が爐口と壇上を灑浄《しゃじょう》し（聖水で浄め）、「木官」は竹箸で壇木を爐口に定められた方法で積む。そのあと『護摩次第』は次のように記されている。

次に、発復両符を爐の中心に立つ
次に、両符加持、密呪
九霊九霊、合吾真形、火水得位、内外洞明、急如天津、元亨利貞

　ここで「両符」とあるのは、他ならない「霊符」のことを指している。おそらく行事を仕切る高座の人物（「長官」）の役割だと思われるが、『延生真経註』巻五から写し取られ、朱塗の台に用意された二種の「霊符」が、護摩壇の中央に立てられたようだ。さらに密呪によって加持されているが、この「九霊九霊…」の呪もまた、同書からの引用である。

　では二種の霊符、すなわち「発復両符」とは何を指しているのだろうか。結論から言えば、この「発復」とは、「発爐《はつろ》」と「復爐《ふくろ》」と呼ばれる二爐を指している。はじめの「発爐」とは、香を焚いて煙を出し、同時に自己の体内の気（内功）を発出させることを言い、一方の「復爐」とは、この発したものを再び集めて爐に入れることを言ったものである。(9)「発爐」と「覆爐」とは道教の教義や斎儀において一対のものとして行われていた。

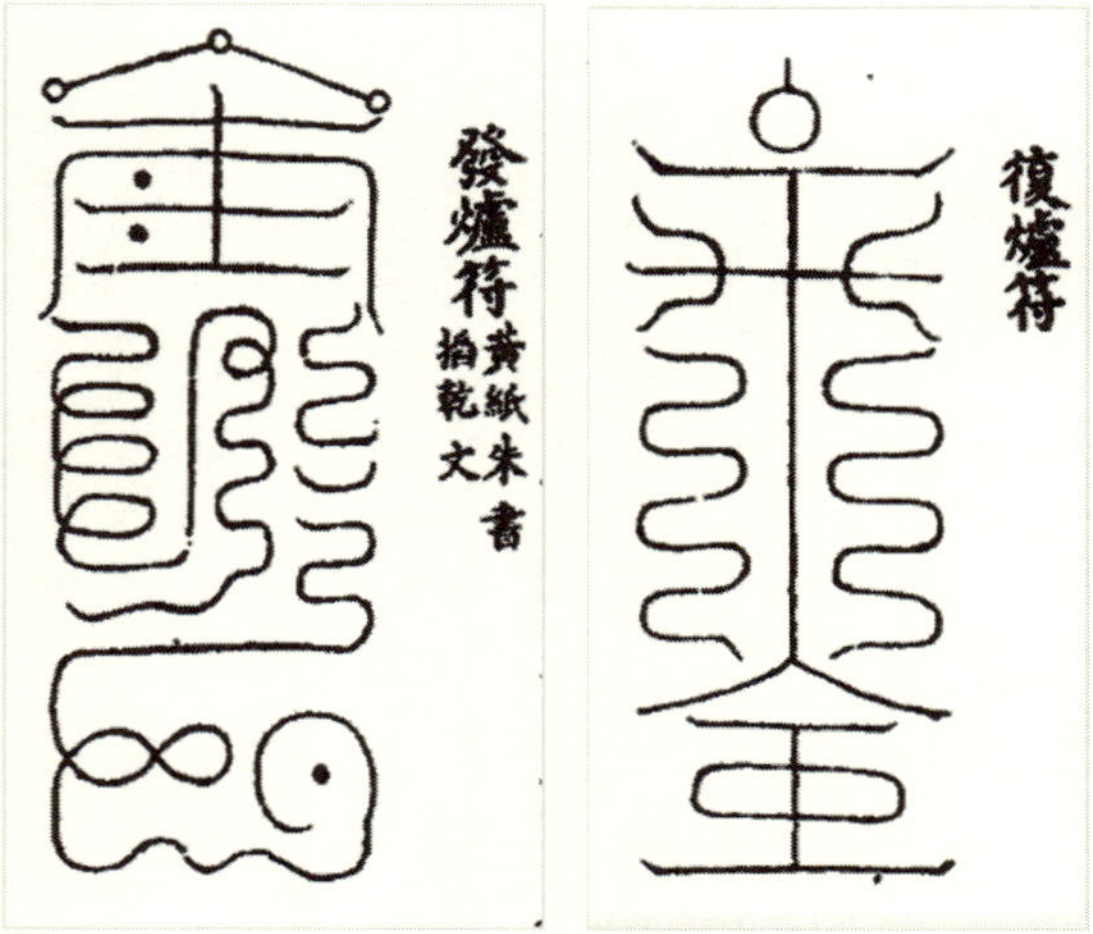

図2

　また別の説明によれば、「発爐」は、香炉を見つめて上香し、道士が存思（道教独特の瞑想）して自らの体内から仙官を召出する儀式を言ったもので、この発爐で召出した仙官を再び道士の体内に戻す儀式が「復爐」であるという。(10)

　さらに付言すれば、四つのプロセス、すなわち入静発爐、焼香、願文奏上、復爐出戸という流れが道教斎儀の基本的枠組みで、発爐と復爐はいわば儀式の入口と出口を表わしていたことになる。(11)この斎儀の場で用いられるものが「発復両符」すなわち二種類の霊符であった。

　兼倶がこの「両符」の存在を知ったのは、道蔵に収録された『延生真経註』巻五の冒頭に接したときであり、兼倶はそこから両符の導入を思いつき、使用に至ったであろうことは、すでに指摘されているとおりである。同書は巻五の冒頭でこの二つの「符」を確かに図示している（図2参照）[12]。しかし、新来の稀覯書に記載された「護符」のただならぬ力能については直感し得たとしても、その使用法まで十全に理解し得たとは言えそうにない。なぜなら本来、発爐と復爐とは時間を置いて用いられるべきはずで、両方が間を置くことなく同時に扱われているのは両符の正しい使用法とは言えないからである。兼倶としては、大陸渡来の新奇な護符であることが重要であって、使用法の正確さは初めから問題にしていなかったのかも知れない。

「発復両符」のことについては明らかになった。それを爐の中心に立てたあと、続いて両符を加持するプロセスがつづき、その後、「次に、符印を爐の中心に之を立つ」と再び新たな霊符を爐の中心に立てることが指示されている。次第書には何も示されていないが、おそらくこの符印は具体的な祈願者の祈願内容に応じて選ばれた符印であっただろう。より興味深いのはむしろ次の段階で、おそらく『延生真経註』とは無関係であろうと推測される奇妙な作法が指示されている点である。『護摩次第』にはこう記されている。

> 次に長官これを扇ぐ。風輪印相。
> 　級長戸辺尊　級長津彦尊

「水官」「木官」に対する「長官」の役割として、爐の中心に立てられた三体の「霊符」を「扇ぐ」という所作が指示されている。脇机には檜扇が置かれていたので、おそらくこれで霊符を実際に扇いだのだろう。また「風輪印」を結ぶのは、たとえば「観想せよ、扇の上に〔ラン〕字有り、黒き大風輪と成りて火輪法界を扇ぐ」（『息災護摩私次第』）といった行法をみれば明らかなように、密教の観想行法から発想しているといえる。ただし、そこには兼倶独特のもう一つのねらいが重ねられていたようだ。

注目されるのは、「級長戸辺尊《しなとべのみこと》」（「級長津彦尊《しなつひこのみこと》」）の名が登場していることである。このシナトベノミコトは、『古事記』ではイザナギとイザナミの間に生まれた風の神で、『日本書紀』ではイザナミが朝霧を吹き払った息からうまれ、またの名を級長津彦命とされる。兼倶はこの行事の全体において、五行や五大のうちとくに風・水・火の三種を重視している。この三要素を強調することには、災禍を焼払い清めることを最も重要な課題としたことが示されているが、そこにはまた次のような兼倶独自の思考が裏打ちされていた。

人の神は風輪也。風には形無き也。動けば則ち風有るの徳ぞ。人は動かざれば則ち生を為さざる也。（中略）水・火・風は、皆形無き也。形無くして徳を施すもの、是を神と云ふ。此の三の徳なければ、万物共に成らぬぞ。天・地・人の三才を一身にをさめてをいたぞ、能く心得ば、則ち病必ず去り、天地と斉しき也。祓は禍を掃ひ福を招く也。

（兼倶自筆本『中臣祓抄』[13]）

水や火や風は定まった形をもっていない。形をもたず徳を施すもの、これが神であり、人の神は風輪に他ならない、という。あるいはまた、「祓は天地分かれて以来あるぞ。有情の徳は祓にて成就するぞ。風輪にて毎日はらうぞ」ともいうように、風輪印を結んで、風の神を召請し（観想によってだろう）、風をおこし、「霊符」を扇ぐ――要するに霊符を檜扇で扇ぐというこの所作は、「祓」の行為そのものを指していたことになる。大陸の霊符は、兼倶によって〈祓の神学〉の一環としての新たな行法として位置づけられたといっていいだろう。彼にとって「祓」とは次のようなものであった。

出入の息風、即ち日・月也。出息は、魂也。入息は魄也。出入息風をたもつは、日・月の道也。脈動五十動、陽に動くこと二十五度、天の数也。陰に動くこと二十五度。地の数也。昼夜の潮の進退、之と同じ。此の祓は、出入の息風のちがわぬやうに用ふ可き也。星は万有一千五百二十。名を得るは一千四百六十五也。息風は即ち祓也。

（兼倶自筆本『中臣祓抄』[14]）

息風の出入、日月の軌道、脈拍、潮の満ち引き、それらはすべて本来一体のものである。だから「秡」は、万物が絶え間なく行っている息風の出入と合致していなければならない。

息風は秡そのものだという。

『唯神道大護摩次第』初段の行事は「秡」のプロセスを終えて、次の「焼供」すなわち護摩の火で障礙を焼き尽くし、あらゆる諸願を成就させる段階へとすすむ。そこでは、「枝花」（榊花）が加持され、爐中に投じられる。続いて木官が香木を重ねて積み、火官がそれに点火する。密教の修法とひとしく、蘇、粥、飯、生五穀等多くの供物が芥子や香木とともに焼供とされ、神々への納受と「祈願の成就」とが祈られる。こうして初段第一の行事はほぼ終息へと向かうのだが（前述のようにこの行法は全十二段で構成されているので、以上の式次第が残り十一回繰り返されることになる）、護摩壇の爐の中央に立てられていた「霊符」も、当然このとき焼供として燃やされたはずである。具体的な記載は見えないが、霊符を焼くことで効果を得ようとするいわゆる「焚焼符法」に該当するものと見ていいだろう。

長大な行事である「神道大護摩法」だが、その中心にあるのは、「霊符」を用いた宇宙的な秡の儀礼であり、意義の革新による全く新しい大規模な秡の実践であった。道蔵由来の「霊符」を導入した行事の核心には、いわば「秡の中の秡」ともいうべき大規模かつ斬新な行法の構築が意図されていたに違いない。

三　護符の神学

長寿延命、疾病除去などの速やかな利益への期待がたかまる動乱の時代において、日本の神信仰をいかにベースから創り直していくか、易や道教といういわゆる玄学の世界へと深く傾倒していく動機もそうした課題によるものと推測されるが、大陸から齎された新来の道蔵テキストとの出会いも、そうした模索のなかで行われたものであっただろう。天理図書館吉田文庫には、知られているように兼倶が自ら筆写したと思しい『太上玄霊北斗本命延生真経註』が伝えられ、また兼倶自筆の『神祇道霊符印』も所蔵されている。(15)

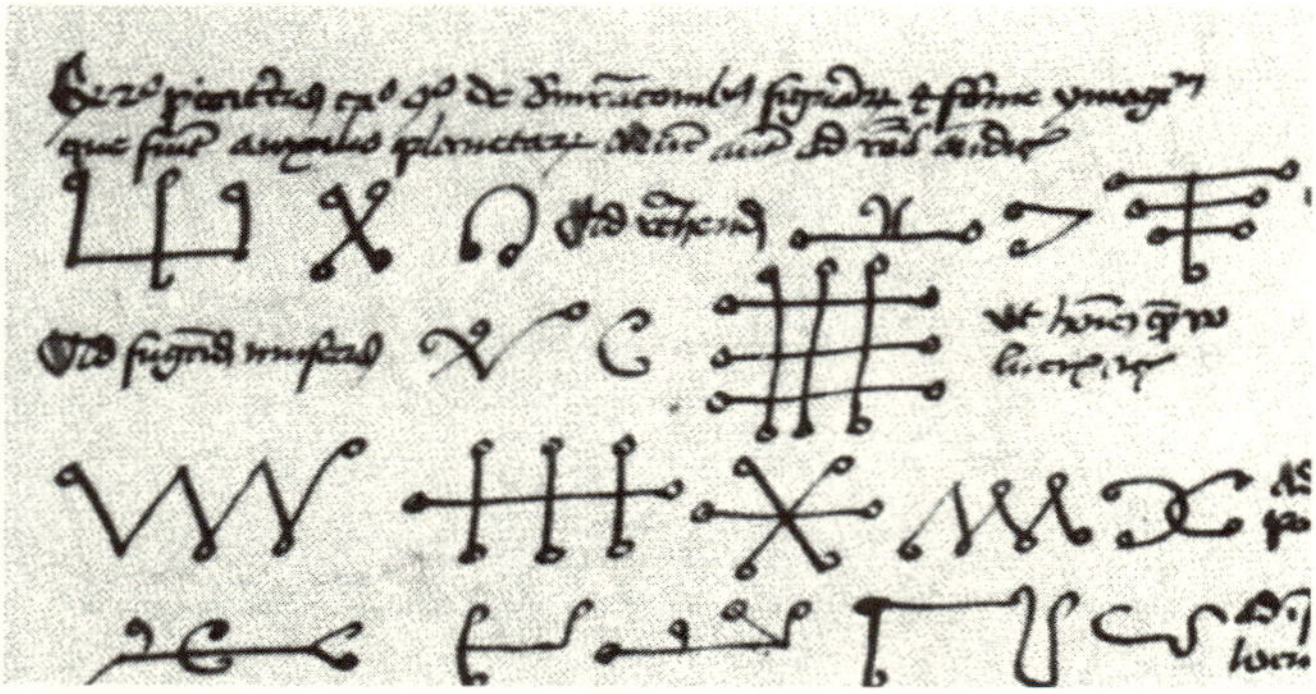

図３

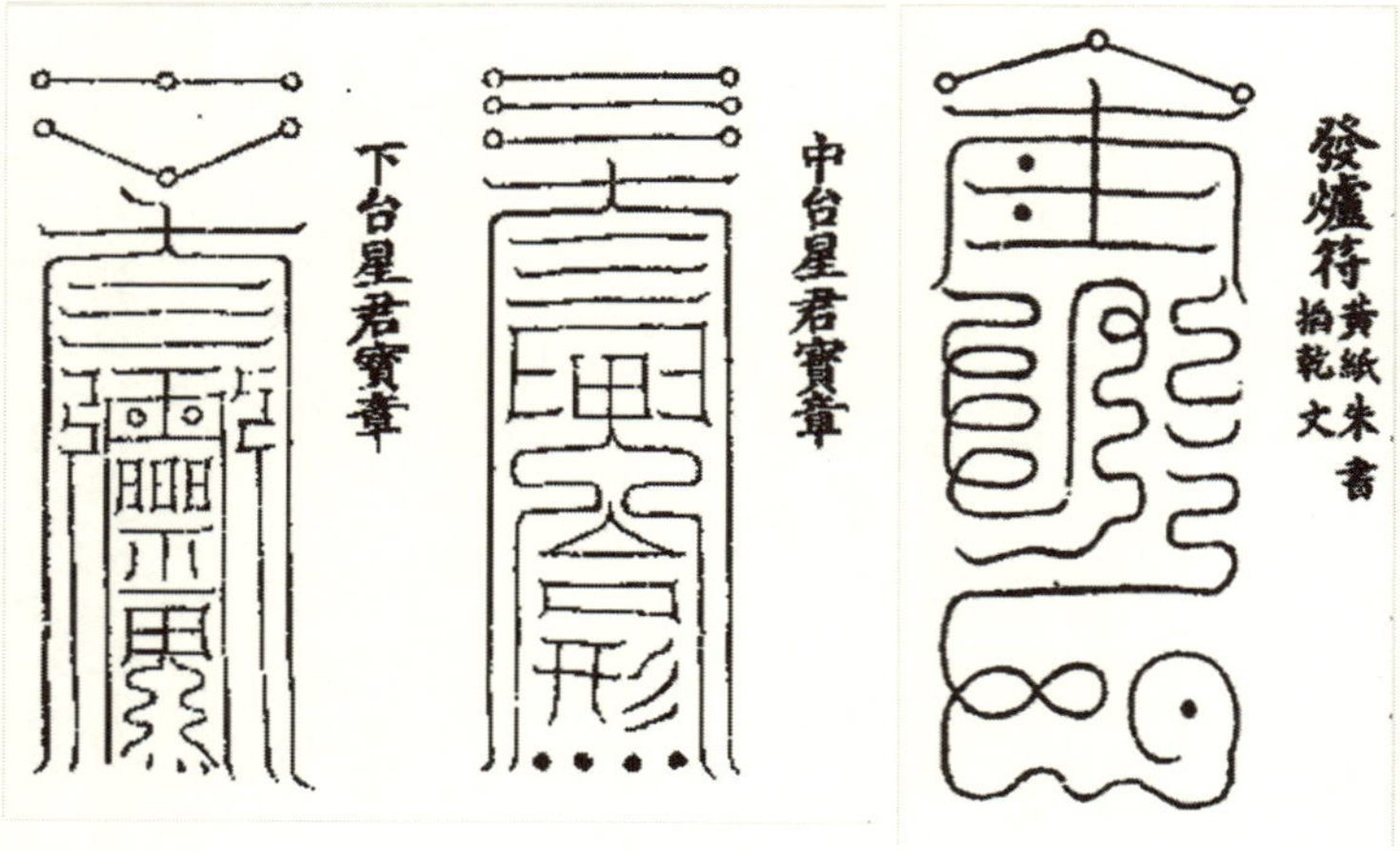

図４

その有りようは、冒頭でふれたマルシリオ・フィチーノが、アラビアの魔術書『ピカトリクス』に遭遇し、そこから魔術の方法を吸収していることとよく似ている。『ピカトリクス』とは、護符の作り方を中心に、星々の感応力を下方に招き寄せる方法、すなわち実践的魔術を対象として著された十二世紀のテキストである。[16] 古代以来の魔術や占星術の厖大な遺産を継承したそれは、十二世紀ルネサンスを契機にイスラーム文化圏から西欧世界へと伝わり、一五～一六世紀には広く流布したものであった。

その一五世紀の写本（ウィーン写本）に書き込まれた星辰護符の形象（図3）を見るとき、おなじ一五世紀半ばに編纂された正統道蔵に収まる護符の形象（図4）を連想しないわけにはいかない[17]。むろんそれは、両者がともに「護符」であるという一点を前提にして生まれてくる印象である。だがここで驚くべきなのは、星辰と護符が結ぶ両者それ自体の類似の方ではなく、むしろおなじ一五世紀において、これら星辰魔術の護符という形象を、西欧のフィチーノと、極東の吉田兼倶とがそれぞれの神学の刷新のために深い関心を共有していたという事実のほうである。

フィチーノと護符との関係の深さは、すでに知られるところだが、この研究の端緒を開いたフランセス・イエイツの言葉を引用してみよう。

魔術とは流出する霊気を物質の中へと導きまた制御することであって、そのための最重要の方法の一つが護符の使用である。護符とはある星の霊気が導き降ろされる物質的目標点であって、到達した星の霊気はその中に貯蔵されることになる。フィチーノはこの霊気論的魔術の理論を『ピカトリクス』によって研究することができたはずである。彼が記述する図像のいくつかが『ピカトリクス』中のそれらと類似しているわけだから、かなり確実性が高い[18]。

魔術と護符をテーマとする本稿にとって、ここには、これ以上ないほど的確な定義が示されているといってよい。兼倶は、「霊符」を自己の〈秡の神学〉の刷新のために用いたが、そこで秡われるべき霊符もまた、災厄を呼び起こす星辰の霊気（この場合は邪気）が導き降ろされる物質的目標点であり、それを放逐することが救済の手段となると考えただろう。

だが一方、重要なのは護符の使用ではなく、その制作の方ではないか。兼倶は道蔵由来の霊符を用いはしたが、自ら作るには至らなかったのだろうか。イエイツはまた次のようにも言う。

魔術のその〈術〉のすべては、霊気の流れを捕らえ、それを物質の中に流入させることを廻っているのである。この霊気の流入を成し遂げる最も重要な手段は護符を作ることである。（中略）護符を作るためには天文学、数学、音楽、形而上学の、そして実際上すべての事物に関する知識を持たねばならない。というのも霊気を護符に導き入れることは非常に複雑な仕事であり、意志堅固な哲学者のみがそれを成し遂げることができるからである。[19]

きわめて多くの知を結集してはじめて成就する護符の制作、そうしたより重い問いは、兼倶に向けていま問うことはできそうにない。まだわれわれには兼倶によるオリジナルな「霊符」の制作を確認するに至っていないからだ。はたしてわれわれは、「霊気の流れを捕らえ、それを物質の中に流入させる」、イエイツの示唆する真正な護符の制作を実現した事例を日本の宗教史のなかに探し出すことができるだろうか。神札や守り札に慣れてしまった、言い換えれば記号や象徴や複製に慣れてしまったわれわれに、イエイツが魔術の核心ととらえた真正な護符をつくることは可能だろうか。

魔術の復権といった類のよくありがちな発想からはかぎりなく遠い地点から、ある護符の探求者（現代を代表する哲学者の一人）はわれわれにこう語りかけている。

『ピカトリクス』では、タリスマンは〈イメージ〉と呼ばれている。〈イメージ〉は、どのような素材からなっているのであれ、なにものかの記号でもなければ複製でもない。そうではなく、天体の力が地上の物体に影響を与えるべく一点に集められ収斂する作用のことである。……いずれもしるしであり、このしるしを通して星々の影響は実現する。

（ジョルジョ・アガンベン『事物のしるし　方法について』[20]）

ここでいうタリスマンとは護符のことを指している。アガンベンは、記号や象徴の対極に「しるし」や「イメージ」という概念を対峙させる。アガンベンの用いる「しるし（signatura）」とは、「隠されたものすべてを見いだすための学であり、この術なくしては、なにものも深められない」稀有な概念である。彼は、「啓蒙主義とともに、しるしの概念は西洋の科学から姿を消す」と書いている。その理論の解読は容易ではないが、おそらく現代において「魔術」の根本を問い直すもっとも重要な道標が、アガンベンの護符をめぐる思考のうちに秘められているだろう。

『ピカトリスク』や『道蔵』のなかで星々を孕んで形象された護符あるいは霊符は、マクロコスモスとミクロコスモスとのあいだの効力ある類似関係を証言する「しるし」として生き続けている。

【註】

（1）D・P・ウォーカー（田口清一訳）『ルネサンスの魔術思想　フィチーノからカンパネッラへ』（ちくま学芸文庫、二〇〇四年）。

（2）『神道大意』（『神道大系　卜部神道（上）』所収）に依る。ただし、以下、本稿で扱う神道関係資料の引用に際しては、いずれも読みの便宜を図って私に表記を変更している。

（3）シャステル（桂芳樹訳）『ルネサンス精神の深層』（ちくま学芸文庫、二〇〇二年）。

（4）本文はいずれも『吉田叢書』第四編、及び同第五編所収のものに拠る。

（5）西田長男『日本神道史研究　第五巻（中世篇下）』（講談社、一九七九年）所収「吉田神道における道教的要素」参照。

（6）出村勝明『吉田神道の基礎的研究』（神道史学会、一九九七年）「第三章第一節　吉田神道の道教的要素──「神祇道霊符印」を中心として」参照。

（7）註6出村著書「第二章第二節隠幽教秘伝の成立」、『神道大系　論説編九　卜部神道（下）』（岡田荘司解題）、及び高尾義政『陰陽道を媒介とした神仏習合──吉田神道を中心として』（東洋史観算命学総本校高尾学館、一九九三年）、石崎正雄「唯神道大護摩次第について──吉田神道行法の成立と特質──」（『日本文化』三十八号、一九五九年）等参照。

（8）『神道大系　論説編九　卜部神道（下）』（岡田荘司解題）に依り、掲載方法を一部変更して示している。

（9）大淵忍爾『中国人の宗教儀礼』福武書店、一九八三年。

（10）林佳恵「「發爐」と「復爐」の変容」（『論叢アジアの文化と思想』九、二〇一〇年）。

（11）石田秀実『からだのなかのタオ　道教の身体技法』（平河出版社、一九九七年）。

（12）図の引用は正統道蔵に拠る。
（13）『吉田叢書第四編』（叢文社、昭和五二年）所収「兼倶自筆本『中臣秘抄』」に拠る。
（14）註（13）同書。
（15）註（6）出村著書。
（16）『ピカトリクス　中世星辰魔術集成』（大橋喜之訳、八坂書房、二〇一七年）。
（17）図版は註（16）同書「参考図版［31］星辰護符形象」（一四六六年、ウィーン、オーストリア図書館蔵）、及び『正統道蔵』所収のものに拠る。
（18）フランセス・イエイツ（前野佳彦訳）『ジョルダーノ・ブルーノとヘルメス教の伝統』（工作舎、二〇一〇年）。
（19）註（18）同書。
（20）ジョルジョ・アガンベン（岡田温司他訳）『事物のしるし　方法について』（ちくま書房、二〇一一年）。

第三章

『老媼茶話』の魔術

南郷 晃子

はじめに

『老媼茶話《ろうおうさわ》』という江戸時代の本がある。奇妙な話、変わった話を多く集めたいわゆる奇談集といってよいだろう。寛保二年、一七四二年の序を持つ。編者は松風庵寒流、本名を三坂春編《はるよし》、福島の戦国大名岩城常隆に仕えた三坂隆景を祖に持つ人物と推定されている。(1)会津を中心に、近世では写本でのみ流布した本であるが、一九〇三年に田山花袋と柳田國男の校訂で『近世奇談全集』に収められ出版された。(2)これが泉鏡花の『天守物語』へと繋がっていく。ここでは彼らを魅了した『老媼茶話』の魔術的世界、その一端を紐解いてみたい。

いくつかの写本のうち、最も手に入りやすい「叢書江戸文庫」シリーズのうち『近世奇談集成一』所収の『老媼茶話』、宮内庁書陵部本を底本にしたものを見ていくこととする。

一　『老媼茶話』の魔術、あるいは飯綱の法

『老媼茶話』において「魔術」という語は「飯綱の法」と「尾関忠吉」の二つの話に含まれている。

「飯綱の法」はいくつかの別個の話から成っており、まずは題名の通り飯綱の法についての話が三話続く。ひとつは飯綱の法を身につける方法で、孕み狐に交渉して生まれた子狐に名をつけ使役する。『本朝食鑑』の「畜獣部」「狐」とほぼ同文の話である。そして「飯綱の法を修せる人」が老夫婦の娘になりすました狐を見破り退治する話、さらに飯綱の法を行う「猪狩所右衛門」の話である。猪狩所右衛門は友人をもてなすのに、天に昇って天の川から魚を捕ってくるのである。狐は全く出てこないが「飯綱の法」といっている。

「飯綱の法」の続く二話には「飯綱」という言葉さえ表れない。現世居士と未来居士の話、そして人形を使う坊主の話である。さてようやくであるが、この二つの話に「魔術」の語がみえる。本文の内容を前後させ、先に人形を使う坊主の話について述べたい。以下は内容を論者が大雑把に現代語訳しまとめたものである。なお、以降も現代語にあらた

めている箇所は、論者が大まかに内容をとっている。

あるとき、武州川越に行脚の坊主が訪れたが、家の主人は坊主をもてなしてやらなかった。すると坊主は口から六～九センチ程度の人形を二、三百ほども吐き出す。人形たちは鍬で土をならし、座敷で米を育ててしまう。米ができると坊主は鍋を呼び食事をする。食べ終わると、坊主は水を囲炉裏に吹き替ける。すると囲炉裏は泥水になり蓮が浮かび数百の蛙が鳴き騒ぐ。家主が屈強な若者を集めてあやしい坊主を捉えようとすると、坊主は徳利の中に入ってしまう。徳利を叩き割ると大音を上げて黒い煙が吹き出し、みな気絶してしまい、坊主は消え去る。

人形を使う奇術は、たとえば『看聞日記』応永三二年（一四二五）二月四日の記事に芸能者である「放哥」が行ったこととして、「ヒイナヲ舞す」ことが見える。巡業する人形使いのイメージが重なる。

さて、この話の末尾に「果心居士といふ魔術師、（松永）久秀をまどわしける事あり。果心も此類にや」と付されており、「魔術」という言葉が見えるのはここである。

果心居士は、戦国期の奇術師、幻術師として今も漫画や小説で親しまれる存在であるが、近世初期の作品にはすでに名がみえる。そのうち『醍醐随筆』また『玉箒木《たまははき》』巻三「果心幻術」に、果心居士が松永久秀の前に、かつて久秀が愛した女の幽霊を現したことが描かれており、[3] 果心居士が久秀を惑わしたというのはこの話であろう。『醍醐随筆』の果心居士の話には以下の言葉が加わる。

> 今代も放下《ほうか》といいて幻術目を驚す事のみ多かり。これについて思うに仙家に奇妙をふるまいて、古今をまどわすたぐい論ずるにたるなし[4]

巷間の禅僧であった放下僧の流れを汲む「放下」[5]は、江戸時代の中後期においては、軽技や曲芸、奇術などの見世物を行うその日暮らしの芸能者である。(6)『老媼茶話』は放下的とされた術を「魔術」と呼ぶのである。

二　果心居士の術と『老媼茶話』の術

次に述べる現世居士と未来居士にも放下僧、放下のイメージが重なる。

「寛文拾年」、一六七〇年の夏のことである。ある国に幻術者「現世居士・未来居士」が現れる。彼らは様々な不思議を行って人々を惑わし、国主は彼らを捕えて刑に処そうとする。縛られた両人は、やり残した術があるから縄をゆるめてほしいと頼む。警護のものたちは「青天白日なり。少し縄をゆるめたればとて、いずくへ行くべき」と縄をゆるめてしまう。すると未来居士は鼠になって磔柱の横木に上がり、現世居士は鳶になって虚空に飛び上がる。そして鳶は鼠をさらいそのまま行方知れずになった。

この話には評語がついている。

かかる怪しき者ゆるがせにするべからず。必ず急に殺すべし。魔術を行う場へ牛馬鶏犬によらず何獣《なんじゅう》の血にても振りそそぎ、或いは糞水をそそぎ懸れば、妖術忽《たちまち》滅して魔法幻術かって行われず。また鉄砲を打ちはなてば其法破るといへり。是古人の秘宝也

獣の血か汚物を「魔術」が行われている場に振りかけると「妖術」はたちまちに滅し、「魔法幻術」は行えない。ケガレが魔術を暴くのである。

鼠になった術者が鳶にさらわれ磔を逃れる話は、寛延二年（一七四九）刊行の『虚実雑談集』「化身術の事」にもある。(7)やはり果心居士の術である。

「秀吉公の時」「幻術」を行う果心居士というものがいた。不思議なことを見たいという秀吉の求めに応じ、果心居士は昼をたちまち闇夜にし、昔秀吉と恋仲にあった若くして死んだ女を出現させる。果心居士は他人が知るはずのない秀吉と彼女との語らいまで再現し、「曲事なり」と秀吉に磔を命ぜられてしまう。縛られた果心居士は、これまでいろいろな術を行ったが鼠になったことがない、少し縄を緩めてほしいと役人に頼む。役人が縄を緩めると果心居士は鼠になり磔柱をあがる。すると鳶が来て鼠になった果心居士をさらっていく。

松永久秀ではなく豊臣秀吉に術を見せることになっている。そして鼠になって磔柱から逃げ去る箇所は『老媼茶話』の現世居士・未来居士の話とよく似ている。

さらにもうひとつの「魔術」を含む話「尾関忠吉」にも果心居士の術が現れる。山形城の城主、鳥居忠恒に仕えた尾関忠吉は「早業早走りの大力」で無道な乱暴者である。彼は師に教わった「魔術」を使う。

> 百魔居士という者を師として、「魔利支天の法を行う」と云て山深く分入、百日余り法を修す。誠は魔術を行う。平地に波をみなぎらせ、大龍・蛟をうかべ午時暗夜《コシアンヤ》となし、人の目をくらまし様々の不思議をなす。

平地に波を立て、そこに大龍、蛟《みずち》を出現させる。また昼を夜にしてしまう。これが「百魔居士」から譲り受けた彼の「魔術」である。ただし何もないところを海にして大蛇を出現させる術は、この師弟ばかりが使えるのではない。先述『玉箒木』「果心幻術」にも「魔法幻術を行う」果心居士が座敷に洪水を起こし、大蛇を出現させたことが見える。(8)「百魔居士」また「現世居士」「未来居士」という名前は、『老媼茶話』より他には確認できていない。(9)しかし「居士」は果心居士からの、そして放下僧からの連続性を感じさせる。百魔居士、現世居士・未来居士の魔術は近世に流布した果心居士ら術者の物語世界の影響下に成立しているものといえる。勿論果心居士ひとりにルーツを固定する必要はないだろう。主語となる術者の顔は入れ替わりつつ、怪しい彼らがいかにも使う術なのである。

「座敷を海になす術」には、ほかにも類例が見出せる。一七五九年刊行の浄瑠璃『難波丸金鶏《なにわまるこがねのにわとり》』「瑞兄山飯綱の段」では、放下の「塩の長次郎」が座敷を海にし、大蛇を出現させる。長次郎は術の種明かしをする。大蛇の頭は重箱、舌は緋の縮緬、胴体は青海織《せいがいおり》金入りの帯であり、協力者が動かしていたという。

これはさすがに雑な仕掛けではあるが、昨今の奇術研究は、近世の奇術、当時の言葉で「手妻《てづま》」の指南書に、座敷を大海にする方法が含まれることを指摘している。(10) たとえば『手妻早傳授』の「座しきを大海にする法」は次のようなものである。(11)

白狐の糞の黒焼きを粉にし、水にかき混ぜ畳、壁、襖に吹きかけ、座敷と間をあけて煙らせ、火を灯して一間隔ててみると海のようになる。扇で仰ぐと波打つように見える。

実際に行われていたかは不明だが「手妻」(手品)としての仕掛けの解説は、その神秘性を剥ぎ取る。万人に再現可能な技術として提示されているのである。

しかし『老媼茶話』の百魔居士譲りのこの「魔術」には、タネも仕掛けも提示されない。この「魔術」をどのように理解すべきなのだろう。

三　キリシタンの術と『老媼茶話』の術

一七世紀はじめの日本語の貴重な資料である『日葡辞書』は魔術という言葉を「テングノキドク」つまり「天狗の奇特」と説明する。(12) 日本における「魔」は天狗と同一視される反仏法的存在であり、中世の混乱期を経て、怨霊とも重なる世界の秩序を乱し災厄をもたらす存在になっていった。(13) 一八世紀後半の『老媼茶話』の「魔術」は一見、このような「魔」の術としての要素は希薄にみえる。ではそれは魔性の潜まない、世界を乱す危険性を持たない術なのか。

一八六四年成立の米沢地方の怪談集『怪談雨夜の伽』「三須何某幻術」は『老媼茶話』の「魔術」を理解する補助線になる。[14]

小国郷で「三須佐左衛門といふ御役屋付の御扶持方の者」の嫡子が「乞食体の者」から幻術をならう。彼が披露したのは「閑庭忽変して渺々たる蒼海となり、荒海打寄ると見より、大蛟紅の口を開き」と、先述の「座敷を海になす術」と同様の術である。しかしここでの「座敷を海になす術」は種のある手妻ではなく「切支丹の術」である。「切支丹」と化した息子を父親は殺してしまう。[15]

米沢藩内の支城は一六九二年以降役屋と呼ばれたが、市立米沢図書館に『勤書　諸役屋附　糠目　小国』「天明五年十月以来代々勤方書上」という資料がある。ここに小国の役屋の給人（役屋に使われている者）として「三須佐左衛門」の名がみえる。三須佐左衛門は米沢藩小国に確かに実在した人物なのである。「佐左衛門」の子がまた「佐左衛門」なので代々の名であろう。おそらく同家でこの話のベースになる何らかの事件があったのだ。術それ自体は類型的である。しかし「類型」は繰り返されながら、その土地でただ一度起こったことを語る縁《よすが》となっていく。そしてここで「術」が切支丹の術として現れるとき、それは放下の手妻ではなく、反仏法の切実さを持った「魔術」である。

先述、鳶と鼠の術に戻りたい。岡田章雄の論集『キリシタン・バテレン』は「鳶と鼠の伝説」の項を設ける。[16] そこで岡田は鳶と鼠に化けて磔を逃れたキリシタンの話を紹介し「九州地方にのこっているこの型の民話」が「キリシタンの処刑に伴った民話ではなかったのか」と推測する。この発想の起点におかれた『尾濃葉栗見聞集』「大臼塚由来事」は、次のような話である。[17]

尾州羽栗郡にはかつて切支丹が殺された大臼塚《だいうす》と呼ばれる場所があり、そこに松の古木がある。切支丹の者たちは悦こんで討たれたが、そのなかに「鼠と化して樹木にのぼりしを鳶来て掴み去る」ものがあったと伝える。

岡田章雄は、大正から昭和初期に活躍した作家田中貢太郎の「幻術」を類話として指摘する。キリシタンの男二人が処刑されようとするとき、ひとりは鼠になり磔柱をのぼり、ひとりは鳶になってそれをさらい、逃げおおせたという話である。

『日本怪談全集』第四巻におさめられた「幻術」を読むと、岡田の要約以上に『老媼茶話』と似通っている。[18] キリシタンの男は役人に頼む。

「こんなに厳しくせられては、とても私たちは逃げることはできません、もう覚悟をきめておりますが、ただ一つしのこしている術がありますから、すこし縄をゆるめてください、それを人に見せたうえで、心残りのないようにして死にとうございます」。

岡田章雄が指摘する通りこれは田中貢太郎の「純然たる創作」ではないだろう。しかし、この鳶と鼠の話が、そもそもキリシタンの処刑に伴うものであったかとする岡田の推論はあたらないのではないか。

キリシタンの使う奇術は、鳶と鼠の術だけではない。座敷を海にする術も、さらには秀吉の前に幽霊を出す奇術もキリシタンの術である。[19] これらのキリシタンの術は、『切支丹宗門来朝実記』などの題を持つ写本群にみえるが、一八世紀半ばの写しが現在確認される最も古いものであり、[20]『醍醐随筆』や『玉箒木』より時期を下る。奇術師たちの使う術の初発をキリシタン伝承と見るのは難しい。

奇術の型は術師の姿を変えながら転用される。鳶と鼠の術も、繰り返し語られる奇術であり、使い手が「キリシタン」であることはそのバリアントのひとつである。その上で、ここで強調したいのは、これが「キリシタンの術でありうる」という点である。つまり、ときにこの術はコミュニティにとって危険な術、誰もが再現してはならない術なのだ。

現世居士と未来居士の話は「かかる怪敷者《あやしき》ゆるがせにすべからず。必《かならず》急に殺すべし」と終わる。彼らは人の興味を惹きつけながらも「必ず殺すべし」といわれるような、共同体にあってはならない存在なのである。

付け加えるならばこれは「飯綱の法」の題を持つ話の一部である。目に見えぬ何かを操る飯綱使いは、近代に至るま

で畏怖と警戒の眼差しが向けられてきたことにも留意する必要があろう。(21)

四　魔女を祓う

次に視点を変え悪霊・死霊を祓う術について述べていく。だがその前に「男に執着して悪霊になる女」という近世にはありふれた存在と「魔」について少し考えておきたい。

『老媼茶話』には「魔女」と題をつけられた話がある。肥前国の窪谷の庄屋兵助の妻が、兵助がこっそりと目をかけていた女を縊り殺してしまう。その後女の死霊が妻を脅かすようになる。このような話だが、この死霊が「魔えん化粧のもの」とされ、「魔女」とよばれる。

中世の魔縁についた最大の存在が崇徳院であるが、(22)崇徳院は戦乱を起こしこの世界に干渉する。これに対して近世の名もない女は、男と男が愛する女を殺すことで世界に干渉をする。魔と化した者が堕ちる魔道は通常の死者がいく六道（地獄・餓鬼・畜生・修羅・人間・天）とは異なる場所であり、そこから魔は現世に干渉をするとされる。(23)現世への干渉を続ける魔は、六道に入ることもできず、無論解脱もできない。魔はいまだ全き死を迎えられていないのだ。したがって魔女たち、怨霊・死霊・悪霊、そのような言葉で言い換えられる彼女らを祓う物語は、愛執に囚われる不完全な死者を正しく死者にする物語として読むことが可能だろう。

「魔女」では真言僧が大魔降伏の不動明王の像を置き祈祷を行い、同時に武士が「武術」をふるい刀で魔女を刺す。しかしこれは魔女を調伏してはいるが、その魔が通常の死者になれたのか、済度されたのかは定かではない。悪霊、魔女を正しく死者にするための「術」はいかなるものであろうか。ついで『老媼茶話』における魔を払う術、救う術について「堀主水逢女の悪霊」を通じてみていく。

会津城主加藤嘉明の臣下堀主水は愛人の「花」を無体に殺す。その後花の幽霊が毎夜主水を悩ますようになる。ある日主水は「薬師堂の大卒塔婆」の松陰にいた老僧に「死相」があると告げられる。主水が殺した女の霊鬼のことを話すと、僧は「霊鬼退散仕るべき方便」があると言う。主水と僧は、女を埋めた宝積寺の裏の塚の土を崩し棺の蓋を開く。すると死んで何年もたつのに、女は生きているかのごとき様であった。僧侶は主水に服をぬがせ、頭・顔・身体中全てに経文を書き、神符を口に含ませる。そして女の屍骸と主水を一つの棺にいれ、もとのように埋め置く。丑三つ過ぎるころ、女の屍が動き、主水の身をさぐり言う。「不思議なることかな。にくしと思いける人もいつしか死に果て、白骨に苔生たり。この暁は必ずこの人の命を奪い、魂を抜き、血を吸い、骨を喰らい、日頃の恨み晴さむと思いしに、今こそ怨念はれたり」。そして主水に抱きつき頭から手足まで舐ると屍に変わり主水の膝に倒れ二度と起き上がることはなかった。翌朝訪れた僧は、女の屍骸に一句与え法名を授けた。すると女の顔は和らぎ露霜のようにとけ、骸骨ばかりが残った。

以前拙稿でこの話を取り上げ「花」の名の神話的意味を論じたが、(24)怨霊と化した「花」は美しい名を失い、ただ「女」と呼ばれるようになる。老僧は曹洞宗寺院の古刹天寧寺に用があったと言っており、禅僧であろう。老僧は「薬師堂の大卒塔婆」の側にいたが、薬師堂にはかつて刑場があった。『老媼茶話』には「薬師堂の人魂」などいくつか薬師堂での奇談が含まれている。そのうち「切支丹」には、薬師堂に「悪人成仏と書し大卒塔婆」があるとみえる。薬師堂は仏になりきれぬ悪人の気配が満ちる場であり、老僧がそこにいたのは「悪人成仏」のためだったかと思われる。

五　身体に経を書く

老僧は主水の身体中に経文を書くが、この術は説話世界にまま見られる。最も知られるのはラフカディオ・ハーン『怪談』の「耳なし芳一」だろう。(25)琵琶法師の芳一は平家の亡霊に魅入られ、知らず『平家』を卒塔婆の前で語っている。和尚が見つけ身体中に経を書くも、耳だけ書き忘れる。迎えに来た亡霊には耳だけが見え、耳をちぎって持っていってしまう。影響関係が指摘される『宿直草』「小宰相の局幽霊の事」の長老が座頭の全身に経を書く場面はこのように描かれる。(26)

かの座頭に行水をさせ、降魔呪《ごうまのしゅ》、般若の文など書きて、全身を帯ぶ。また麁相《そそう》にして、左の耳に文字ひとつも書かずして是をおとす

「般若の文」、般若心経は、しばしば幽霊や怨霊に対峙するために用いられる。ハーンの『怪談』でも施されるのは般若心経である。

あるいは『曽呂利物語』「耳きれうん市がこと」では尊勝陀羅尼が死者に魅入られた座頭の身体に書き付けられる。「有験の僧数多《あまた》寄り合い、うん市が一身に、尊勝陀羅尼を書き付けて、仏壇に立て置きぬ」と高僧たちが尊勝陀羅尼をうん市の身体に施す。

琵琶法師の物語のみではない。『雨月物語』「吉備津の釜」では、怨霊となった「磯良」――怨霊化した後は「女」としか呼ばれない――から守るために陰陽師が正太郎の身体に文字を書く。「正太郎が背より手足におよぶまで、篆籀《てんちう》のごとき文字を書き」と呪符をそのまま身体に書き付けたような状態である。

『諸国百物語』「後妻《うわなり》うちの事　付タリ法花経の功力」では、その題名通り身体に書き付けられるのは法華経である。「大山半之丞」が女に祟られていることを諸国行脚の僧が看破する。前の妻がお産で死に、新しく妻を迎えたところ昔の妻が夜な夜な現れると、半之丞は僧に語る。僧は「さればこそ」と男を裸にして身体中に法華経を書く。前妻の塚の前に連れて行き、どれほど恐ろしくても息を荒くするなと告げる。一見して『老媼茶話』と似た部分が多く影響関係を伺わせる。

昔話「三枚のお札」にも同様のモチーフが含まれており、(27) 近世の説話や口承伝承の世界には、悪霊から身を守るため身体中に経や呪を書くモチーフが広がっていたといえよう。実際の悪魔祓いの場との関係も気に掛かるが、(28) ここでは説

話世界に絞り、話を続けたい。

さて、身体に書き付けられた経はどのような効果を及ぼすのだろうか。『雨月物語』では、呪符を貼った戸を開けると叫び声が響きそのまま正太郎の姿は失われてしまう。効力不明というより他ない。

『曽呂利物語』では、怨霊の目には「うん市」が石に映る。耳には少し陀羅尼が書き足りず「うん市が切れ残りたる」と、怨霊は耳を引きちぎって去る。あるいは『諸国百物語』では法華経は男の姿を隠してくれる。前妻はそれと知らず半之丞の上に腰をかける。足の一箇所が薦にすれて経文が消え、死んだ子供が「父の足ここにあり」と言うが、母は、これは足ではなく経木だと立ち去る。そして半之丞の家へ向かい後妻の首をひっさげて帰ってくる。『曽呂利物語』や『諸国百物語』では身体に書き付けられた経は魔のものの目線から姿を隠す、隠れ蓑のような役割を果たすのである。

一方「堀主水逢女の悪霊」では幽霊の目には主水が映っている。ただしそれは死んだ姿、それも白骨に苔が生じている、年月を経た死者の姿である。僧侶が主水に神符を口に含ませたのは、息から生きている人間の気配が伝わるからであろう。『諸国百物語』において半之丞が荒い息をするなと言われたこととも共通するが、こちらは生の「気配」そのものを消すことになろう。

六　死者と白骨

ここであらためて考えたいのが、死者と白骨という問題である。『老媼茶話』において執着心を持つ死者、成仏しない死者は白骨化しない死者でもある。僧侶が棺の蓋をあけたとき、女は「死て年を過けれとも女の面色平生にかはらず、猶生けるがごとく也」という状態であった。蓋を開ける前に僧侶は言う。

「易に曰、精気物となり游魂変をなすと申は此故に候。女の恨の気深くして其身骸《からだ》をはなれず、魂魄天地に離散せず、中有にさまよい祟をなすものに候。」

生ける肉体を作り上げる「気」が、その恨みの深さで身体を離れず、本来死とともに天地に離散する魂魄が止まり祟りをなしている。そういった悪霊についての説明である。したがって気が身体から離れきらない以上、死は完全な死ではなく、死者の身体は「生気」を保ち続ける。

女の目に映った主水は、白骨であり、すなわち魂魄が天地に帰った完全なる死者である。「にくしと思いける人もいつしか死に果て」と女は独り言つ。翌朝、いまだ悪相が残っていた女に僧侶は語りかける。「汝が深く大悪心をとどめし堀主水、いますでに死骸汝が傍にあり、肉消《きえ》、骨晒《さらされ》たり」。そして「四大破れて五蘊空に帰す。魂魄天地に消散して冥々朧々たり」と句を与える。すると悪相は柔和の相に変わり、皮と肉はみるみるうちに消えとけ、骸骨ばかりが残る。

魂魄が天地に帰ったのち、白骨が残される。僧侶は強い執心ゆえに身体を去ることができなかった魂魄を散じ、怨霊を済度した。僧侶は鬼となり花の名を失ったかの女に「妙空」と法名を授け、死者の道行に乗せるのである。

主水の身体の上に書かれた経は、主水の姿を見えなくしたのではなく、怨霊に白骨の幻影を見せた。白骨は愛着すべき者の魂魄がもはやそこにはないことを示す。主水の身体を覆う経は、花の主水への執着を消し去ったのである。堀主水はその後、加藤嘉明の息子明成と対立し、悲惨な最後を迎える。結局、老僧の悪人成仏の意思のもと救われたのはお花ばかりであった。

七　怨霊に字を書く

字を書かれるのは、怨霊に怯える者ばかりではない。怨霊側に字が書かれることもある。「怨積霊鬼」という話をみたい。

「江戸糀町《こうじまち》」の甚九郎の女は、実は化物であった。甚九郎は正体に気がつき、三春——おそらく現在の福島県三春町——へ逃げるが女は追ってくる。結局甚九郎は熊山という山で女を殺してしまう。その後甚九郎は中山路を歩き小さな寺に着く。住僧は甚九郎を見て「汝は必此山中にて山姑《さんこ》・旱母《かんぼ》の類に逢いたるへし。死即刻にあり」と告げ、死が迫る彼に事情を聞く。

山姑・旱母は山の女怪であり、(29)その「類」であるから山姥のような者と理解されよう。江戸で会った女のはずがいつの間にか山姥になり、道成寺説話のごとき女が愛する男を追う話と「三枚のお札」型の山姥が男を追う話とが融合している。

僧は女の魂が甚九郎の身に付き添っていると指摘する。そして「必ず汝が清血を吸、肉を喰い骨をかみ、一寸の皮骨も残さじ」と告げる。この災を逃れるため、和尚は女の屍骸を持ってくること指示する。甚九郎がなんとか死骸を運んでくると、死骸の額に「鬼畜変体即成仏」と書き、死骸の首に血脈袋と数珠をかけさせ、白帷子を着せ、新しい桶に入れ、柱杖で棺を叩き、「頓成仏の妙文」として垂示の句をしめす。深夜に棺から現れた女の死骸は七尺ばかりに巨大化し髪を振り乱し、額に角が二つ生えた凄まじい姿である。しかし暁には倒れ、起き上がることはなく、そのまま火葬される。

「鬼畜変体即成仏」の言葉は、変成男子、女が成仏するために男性の身体に変わるという思想を連想させる。身体に書き付けられた言葉は、垂示された句とともに本来成仏するはずのないものの肉体を変化させ、成仏へと導く。

「火葬」にも注目をしたい。女を「火葬」したことは、ここでわざわざ特筆すべきことなのである。火葬の捉え方は、時代や地域、階層により一律にはいえないものの、異常死において火葬が選ばれる傾向があったとの指摘がある。(30)ここでの火葬は、怨みを抱える「鬼畜」の身体を浄化する仕上げである。「鬼畜変体即成仏」と施され、成仏可能な身体を得た「鬼畜」は火葬され肉を失い、成仏をする。

あらためて、先の「堀主水逢女の悪霊」における白骨――「肉消、骨晒たり」と花に幻視された主水の白骨と、主水への執着を失ったのちみるみるうちに皮と肉が消えさった花の白骨について考えたい。そこには息をする生物の不浄さはない。白骨は完全な死を得た状態である。それは、裏を返すと魂魄は肉にしがみついているということでもある。つまり『老媼茶話』において不完全な死者である怨霊は肉とともにあるのである。それゆえ、ひといきに肉体を骨にする火葬が完全な死をもたらす手段となるし、死を装う術は、生者の肉体に字を書くことにより施される。

八　モノと物語の拡張

最後に『老媼茶話』世界をとりまくマジカルなモノについて触れておこう。

福島県立博物館の学芸員であった佐々木長生は『老媼茶話』に溶け込む会津の「民俗風景」を見事に掬い上げた論考を著しているが、(31) そこで佐々木は山姥の「かもじ」について述べる。『老媼茶話』には「山姥髢《かもじ》」という話がある。山中で、庄右衛門という杣人《そまびと》が山姥の「かもじ」を見つけて持ち帰る。かもじとは髪を結うときに使う入れ髪、添え髪のことであり、それは真っ白で、長さは七、八尺、毛の太さは馬の尾のようであったという。佐々木によると二〇一二年三月に「山姥のかもじ」が福島県立博物館に寄託された。入手した者が不幸になると猪苗代公民館に預けられていたものである。(32)

『猪苗代町誌』は元御家人の佐藤伊賀蔵が山姥を捕まえようとしたときに手に入れた「かもじ」が公民館にあると述べており、(33)『老媼茶話』のかもじとは来歴が異なる。けれども「山姥のかもじ」が魔性を帯びたモノとして会津の風景のうちに厳然と存在してきた事実があり、説話の背景をなしている。

もうひとつ、マジカルなモノとして伴天連の衣服について述べたい。『老媼茶話』「切支丹」は一六三五年に横澤丹波の一族と伴天連が薬師堂で「逆磔」で処刑された会津キリシタン史の大事件を語る。(34) そのとき伴天連が着ていた衣服はよく伸び縮みして子供にも大人にも合ったという。

一九六一年の『会津史談会誌』に、維新にいたるまで「牢屋」にはこの衣服が保存されていたと記述がある。(35) 三〇〇年以上衣服が牢屋にあったとは考えにくい。『老媼茶話』成立時に牢屋に衣服があった可能性もあるが、むしろ牢屋に残る衣服と『老媼茶話』のこの話が結びついていったのではないか。すなわち物語を介し、モノが魔性を帯びていったのではないか。

おわりに

『老媼茶話』の魔術について、同書に登場する魔術、魔を祓う術、そしてマジカルなモノという三つの視点から考えてきた。『老媼茶話』は諸本が複数あり、ここで利用した宮内庁書陵部本もオリジナルな、祖本ではないと考えられている。[36] また編者の三坂春編は江戸詰を何度か経験した会津武士であり、[37] 彼個人の文化的背景もひとつではない。そもそも説話はひとつの文脈で捉えきれないものだが、こと『老媼茶話』は重なる層を繰りながら読まなくてはならない。近世版本からの引用、写本からの引用、会津の伝承が複雑に絡み合い、シンプルな引用に見える話にもふと別の要素が入りこむ。

その重なる層のうちで、自ずと浮かび上がるのが、マジカルなモノを含み込むその場、景色である。山姥のかもじや伴天連の衣服ばかりではない。「悪人成仏」の卒塔婆、そして寺の裏に盛られた土饅頭が物語を活性化する。肉を纏う不完全な死者としての怨霊は、土の下に肉体を持つ死者がいる土葬の景色の中でこそ存在する。あるいはそこは、飯綱使いや放下が不思議な術をみせる場でもある。『老媼茶話』の物語世界で放下めいた居士たちは喝采を浴びるのではない。「必急に殺すべし」と呟かれるのである。秩序を乱す魔に向けられた言葉であり、むこうには安寧の景色が広がっている。

【註】

（1）高橋明彦「『老媼茶話』の作者および現存諸本」『近世奇談集成一（叢書江戸文庫）二六』（株式会社国書刊行会、一九九二年）三九六–四〇〇頁。

（2）『近世奇談全集』（博文館、一九〇三年）

（3）中山三柳『醍醐随筆』一六七〇年刊、『假名草子集成　第四七巻』（東京堂出版、二〇一一年）所収、五四–五五頁。林義端『玉箒子』一六九六年刊（元禄九年）、木越治校訂代表／責任編集『新編浮世草子怪談集江戸怪談文芸名作選　第一巻』（国書刊行会、二〇一六年）所収。二五四–二五九頁。

（4）引用に際しては、現代仮名遣いに直し、必要な箇所は濁点を補っている。これ以降の引用は全て同様の原則に従って引用する。

（5）原田正俊「放下僧・暮露にみる中世禅宗と民衆」『日本中世の禅宗と社会』（吉川弘文館、一九九八年）、一八–五四頁。

（6）渡辺昭五「放下（僧）の大道芸」『中近世放浪芸の系譜』（岩田書院、二〇〇〇年）五二五–五三〇頁。原田正俊「放下僧・暮露にみる中世禅宗と民衆」。河合勝・長野栄俊『日本奇術文化史』（東京堂出版、二〇一七年）六六–一〇〇頁など。『日本奇術文化史』は現時点での最も網羅的で精度の高い奇術研究の成果だといえる。

（7）瑞竜軒恕翁『虚実雑談集』一七四九年（寛延二）刊、勝又基、木越俊介校訂代表『諸国奇談集　江戸怪談文芸名作選　第五巻』（国書刊行会、二〇一九年）所収。二九九–三〇〇頁。

（8）林義端『玉箒子』『新編浮世草子怪談集江戸怪談文芸名作選　第一巻』二五六–二五七頁。

（9）なお「尾関」も鳥居家の分限帳には見出せなかった。／山形市史編集委員会「鳥居氏分限帳」『山形市史資料』第五一号「山形藩各氏の分限帳」（山形市、一九七八年）二〇–三八頁。山形七日町長源寺所蔵本。徒士、足軽分は省略（「山形藩各氏の分限帳」五頁）。「鳥居家分限帳」筑波大学附属図書館所蔵（国書データベース https://doi.org/10.20730/100346633 参照）。

（10）河合勝・長野栄俊『日本奇術文化史』二八六頁。

（11）十方舎一丸『手妻早傳授』（国文学研究資料館所蔵、一八四九年刊）。

（12）土井忠生、森田武、長南実編訳『邦訳　日葡辞書』（岩波書店、一九八〇年）参照、三八一頁。

（13）久留島元「魔」東アジア恠異学会『怪異学入門』（岩田書店、二〇一二年）一四四頁。

（14）小越春渓著。水野道子編『伝承文学資料集　第九輯』『怪談雨夜の伽』（三弥井書店、一九七六年）所収。
（15）拙稿「キリシタンの幻術」東アジア恠異学会編『怪異学の地平』（臨川書店、二〇一九年）
（16）岡田章雄『キリシタン・バテレン』（至文堂、一九五五年）一九四―一九七頁。
（17）吉田正直『尾濃葉栗見聞集』一八〇一年序、松平秀雲編『尾濃葉栗見聞集、岐阜志略』（一信社出版部、一九三四年）所収、三三二頁。岡田章雄は『尾張羽栗見聞集』と表記。
（18）田中貢太郎「幻術」『日本怪談全集』第四巻（改造社、一九三四年）三一七頁。
（19）「切支丹宗門来朝実記」国書刊行会編『続々群書類従　第十二　宗教部二』（国書刊行会、一九〇七年）所収など。
（20）菊池庸介「「キリシタン実録群」の成立（二）」『近世実録の研究――成長と展開』（汲古書院、二〇〇八年）一三七―一四一頁。
（21）飯綱については石塚尊俊『日本の憑きもの』（未来社、一九五九年）三五―三八頁。
（22）山田雄司『崇徳院怨霊の研究』（思文閣出版、二〇〇一年）一八五―二〇〇頁。
（23）伊藤聡「変貌する冥界」伊藤聡、佐藤文子編『日本宗教の信仰世界』（吉川弘文館、二〇二〇年）。
（24）拙稿「花の名を持つ女――むごく殺されるお菊、お花をめぐって」『性愛と暴力の神話学』（晶文社、二〇二二年）一三一―四四頁。
（25）身体に呪や経を書くというモチーフは広瀬朝光『小泉八雲論――研究と資料』（笠間書院、一九七六年）二七―三〇頁が詳細を論じる。
（26）『宿直草』（一六七七年）『近世奇談集成一』（叢書江戸文庫）二六」（株式会社国書刊行会、一九九二年）所収を使用。二五二―二五五頁
（27）水野ゆき子「耳なし法師のはなし――『曽呂利物語』を中心に」金城学院大学国文学会『金城国文』七八（二〇〇二年）八六―八七頁。
（28）近世の怪談と仏教儀礼との関係は『近世説話と禅僧』（和泉書店、一九九九年）等堤邦彦著作品に詳しい。
（29）『和漢三才図会』巻四〇は山姑を「やまうば」と読み、旱母は魃（ひでりがみ）と読む。どちらも山中の怪類である。
（30）塩入伸一「葬法の変遷――特に火葬の受容を中心として」藤井正雄編『祖先祭祀と葬墓／仏教民俗学大系四』（名著出版、

一九八八年）一二五―一三一頁。
（31）佐々木長生「『老媼茶話』にみる近世会津の民俗風景」福島県立博物館編『福島県立博物館紀要』二七（二〇一三年）、六九―九六頁。
（32）佐々木長生「『老媼茶話』にみる近世会津の民俗風景」、八〇頁。
（33）猪苗代町史編さん委員会『猪苗代町史 第二集（民俗編）』（猪苗代町出版委員会、一九七九年）、六二四―六二六頁。
（34）『老媼茶話』「薬師堂人魂」に同話があるが衣服の話は含まれない。
（35）友田康雄、鈴木茂雄「会津藩に於けるキリシタン殉教者とキリシタン塚について」『会津史談会誌』三六（会津史談会、一九六一年）三八頁。
（36）高橋明彦「『老媼茶話』の諸本」二二一頁。
（37）高橋明彦「『老媼茶話』の作者および現存諸本」三九八頁。

＊本研究はJSPS科研費JP 22K00317、JP18K12288の助成を受けたものです。

第四章

ラフカディオ・ハーンに誘《いざな》われて

——魔術・心霊・怪談、そして異端神道——

斎藤 英喜

「また儂《わし》はそつけなく踝《くびす》をかへし／冷たい表情《かほ》で黙黙と瞳をすゑつつ／己が嗜む古城内窮理室の燭火《ひ》のもとで／無用の妖蠱の小詩冊綴らばやと帰路をとる也」

（日夏耿之介「しかし笛の音はない夜のこと」）[1]

はじめに――「日本海に沿うて」から

一八九一（明治二四）七月、ラフカディオ・ハーン（小泉八雲）は、後に妻となる小泉セツを伴って、日本海ぞいの村々を旅した。[2]「日本海に沿うて」（平井呈一訳『日本瞥見記 下』所収）[3]と題された珠玉のエッセイは、そんなふたりの旅をつづったものだ。

盆の夜、死霊たちの魂の光が点滅し、遠くからざわめく霊の声が聞こえてくる「仏海《ほとけうみ》」の季節。人びとの住む村の入り口にある、生者たちを超える数の死者の霊が眠る砂浜の広大な墓地。あるいは精霊舟や臍の緒の埋葬、溺死者にまつわる信仰、夫を海で亡くした宿屋の女中の心うつ話、悲しい兄妹の「布団の霊」、そしてセツが語る子殺しの怪異譚。その背後にひろがる、死者たちの霊のざわめく夜の海……。紀行文学の小品として、民俗学研究の文章として、その後の「小泉八雲」を決定づける印象深い作品である。[4]

あらためてラフカディオ・ハーン（一八五〇～一九〇四）といえば、『怪談』という再話文学の開拓、あるいは明治日本の古い姿を描き出し、民俗学の始祖として評価されてきた人物である。[5]柳田国男も「小泉氏以上に理解ある外国の観察者は滅多にない」（『明治大正世相篇』）と称賛した。

けれどもハーンが描き出した「日本」の民俗、とりわけ「霊」の世界とは、彼が新聞記者として暮らした一九世紀後半のアメリカに広がった魔術や占い、降霊術や心霊学（心霊主義）の動向と無縁ではなかったはずだ。彼は「オカルト記者」と呼ばれるほど、シンシナティの社会に広がる魔術や降霊会に「共感」とともに、「皮肉」の視線をもった記事を書いていた(6)。それはハーンが偏愛したブルワー＝リットンやメーテルリンク、ゴーチェ、ボードレール、アラン・ポーの作品世界、さらに一八世紀のゴシック小説の底流とも響きあう。そして、その起点となるのは、一八四八年のアメリカ・ハイズヴィルで起きた、あの有名な「事件」であった――。

ラフカディオ・ハーンが見出した、一九世紀末の「霊の国」の日本とは、アメリカやイギリスの心霊学や心霊術、魔術、オカルティズム、象徴主義、恐怖小説の文学と共振するものではなかったか。そんなハーンに誘《いざな》われて、文学と魔術の饗宴の場へと赴くことにしよう。まずは「日本海に沿うて」で語られる、ひとつの怪異譚から――。

一　「出雲持田の浦」の子殺し譚

「浜村というみすぼらしい村」の宿屋の女中が語ってくれた、哀しい兄妹の「鳥取のふとん」の話の延長に「わたくしの同行者」（セツのこと）がふと思いだして、こんな話を語ってくれた。

昔、「出雲の持田の浦」というところに、ひとりの百姓が住んでいた。彼はあまりに貧しいので、女房が子どもを産むと、こっそり川へ捨てていた。こうして六人の子が殺された。そのうち、この百姓もすこしは暮らしが楽になってきたので、女房が七人目の子を産んだときは、その子を大切に育てた。薄情な男は、子の成長を見るうちに、昔の自分の行いに反省の心を起こした。そして怪異が起きる――。

ある夏の晩のことだった。男は子どもを抱きながら、庭先を歩いていた。子どもは、生まれてもう五月《いつつき》になっていた。

その晩は、大きな月が出て、いかにも美しい晩だったので、百姓は思わず口走った。

「アア！　コンヤハ、メズラシイ　エエ　ヨダ！」

するとと抱いていた子が、父親の顔をまじまじ見上げながら、おとなのような言葉つきで言った。

「オトッツァン！　ワシ　ヲ　シマイ　ニ　ステサシタトキモ　チョウド　コンヤ　ノ　ヨーナ　ツキヨ　ダッタネ！

それっきり、その子は、おない年のよその子たちと同じように、言葉らしいものは何も喋らなかった。／その百姓は坊主になった。（「日本海に沿うて」）

殺してきた子どもたちの霊が、七人目の子に乗り移り、殺された恨みを語った。この話を聞いたハーンは、セツにたいして「あなたは私の手伝い出来る仁です」と喜んだという。(7) ふたりの旅は、後の『怪談』（一九〇四年）の語り手となる小泉セツの「発見」の旅でもあったのだ。ちなみに同年の一二月にハーンとセツは正式に「夫婦」となった。

ところで、セツが語った持田の話は、民話・昔話・伝説に類型があった。「こんな晩」と呼ばれる話だ。ある貧しい家に「六部」という旅の宗教者が一夜の宿をとった。家の主人は六部が所持していた金品に目がくらみ、殺害してしまう。やがて家は奪った金をもとに、裕福になっていく。しかし生まれてくる子どもは「おっし」＝言語障害であった。そして美しい月夜の晩、小便にたった子どもがいきなり言葉を発した。「「おどっつあん、ちょうど今夜のような晩だったね」と言うんで、おやっつぁんがハッと思って子どもの顔を見だら、六部の顔どそっくりな顔でじいっと睨んでだんだと」（宮城県登米郡南方町）――。

この話は、小松和彦によって「異人殺し」と呼ばれ、村落社会が外部者を「異人」として排除してきた「負」の領域にメスをいれた、柳田国男以来の民俗学を更新する重要な研究の素材となった。(8)

小泉セツが語った「持田の子殺し」譚は、外部の「異人」殺しではないが、美しい月夜の晩、「オトッツァン…」と語る霊の声、そして生まれた子どもが「七人ミサキ」(9)に通じる七人目であったという展開は、「こんな晩」のバリエーションといえよう。ハーンは、セツの語りを通して、日本の民間伝承、昔話の話型と出会い、その民俗的世界を「文学」へと昇華させていく始発点を見出した。それはたしかだろう。

しかし問題とすべきことはそれで終わらない。小松和彦の異人殺しの分析によれば、村落内部では秘されていた六部殺しが露見する契機は、霊と交渉し、霊の言葉を聞き出す「シャーマン」の働きがあったからだ。シャーマンの身体に憑依した、殺された六部の霊が、その家の過去の悪事を暴いた。それが伝承化されるなかで、身体に障害をもつ子どもに死者の霊が憑依し、「おどっつあん、ちょうど今夜のような晩だったね」と語った……という話型が作られるのである[10]。

こうした視点からセツが語った「持田の子殺し」譚を読み直すと、誰にも知られていない子殺しの過去は、家の不幸を暴くシャーマンによって語られたことが、その背景として想像できよう。「オトッツァン！　ワシ　ヲ　シマイ　ニ　ステサシタトキモ　チョウド　コンヤ　ノ　ヨーナ　ツキヨ　ダッタネ！」という霊の言葉は、おそらくハーンには不思議な呪文のように聞こえただろう。その基層にあるのは、シャーマンに乗り移った殺された子どもたちの霊の語りではないか。死者霊の伝承・昔話の背後に、死者霊を降ろして語らせる、死者と交渉する魔術の働きが読み取れるのである。「その百姓は坊主になった」の結語は、霊を降ろすシャーマン的宗教者の残響を聞かせてくれよう。

じつはラフカディオ・ハーンは、日本に来るまえに、シンシナティで霊が憑依する降霊術の現場に立ち会っていた。なんと、そこで降りてきたのは……。

二　降霊術で降りてきたのは……

ラフカディオ・ハーンは、来日するまえ、一八七四年からオハイオ州シンシナティの新聞記者として働いていた。当時のアメリカは、一八四八年のニューヨーク州の西部の小村、ハイズヴィルのフォックス家で起きた「ポルターガイスト」事件以降、大流行した心霊術、降霊術が全盛期を迎えていた時期である。その「心霊」の流行は、やがて海を越えてロンドンに伝わり、「心霊研究協会」が設立された。降神術、透視術、メスメルの動物磁気説や催眠術などの新しい心霊の驚異が近代科学の発達によって証明され、実験されていく[11]。ハーンは、そんな時代のただなかにいたのである。

とりわけハーンがいたシンシナティは、ニューヨーク市に次いで、降霊会（セアンス）が頻繁に開かれる場所であった。千葉洋子の先駆的研究によれば、シンシナティで毎晩開催されていたセアンスの数は五九あり、回数の少ないものも、数百のセアンス・サークルがあった。さらにハイズヴィル事件で、死霊とコンタクトしたフォックス姉妹も、なんと一八五一年にシンシナティでセアンスを行ない、多数が参加したという。ハーンは特別にセアンスに自由に出入りし、それらを「取材」した記事を書いている。記事は共感的なもの、批判的なものまで鋭い知性と格調高い英文スタイルで貫かれ、ユーモアもあればアイロニーもあるもので、幅広い読者層に受け「オカルト記者」として名声を高めたという。[12]

けれどもそんな記事のなかで異彩を放つのが、日刊紙『インクワイヤラー』（一八七四年一月二五日）に書いた「霊に交わりて」だ。降りてきた霊は、なんとハーンの父親であったからだ。

降霊術が行われた「聖堂」はバー・ストリート一六番地。この日、ハーンは「降霊術を信ずるわが友人」の指示に従って、六日間にわたって、神秘的な手つきで体を洗い、禁煙、禁酒し、粥とミルクのみを食べ、清潔なシャツを身に附け、口汚い罵りの言葉は慎むという「浄め」をした。そして「霊媒」を勧めるミセス・X（実名は伏せられた）の指示で、もうひとりの霊媒の夫人を身動きできないように緊縛状態にして、「霊」の反応を知るための「漏斗」が置かれ、「霊界からの交信」を待った。まさしく降霊術の儀礼が繰り広げられるのだ。

やがて、突然、ハーンは何者か男の手指が自分をまさぐっている感触を感じた。そのうち霊媒を通して男の声が聞こえてくる。それはアメリカでは使っていないハーンの幼少期の名前（パトリック）だった。そして次のようなやり取りが繰り広げられた。

「私はお前の父だよ。P（ハーンのこと）」
「何か言いたいことがおありなのですか」
「そのとおりだ」
「何でしょう」

「許してくれ」――ゆっくりとしたつぶやき声だった。

「許すべきことなど、ぼくには身に覚えがありません」

「いや、ある。ほんとうはある」――非常にかすかな声だ。

「どういうことでしょうか」

「よくわかっているはずだ」――明確に。

「それを書き表していただけますか?」

「どうすればいいんだ?」

「テーブルの上に鉛筆と紙があります」

「やってみよう。もっと力をつけるようにやってみよう」

　漏斗は数分間で、元に位置に戻った。それから霊が戻ってきた。

「わしはお前に悪いことをした。許してくれ」――はっきりとした、大きいつぶやき声だ。(「霊に交わりて」(13))

　最後に「わたしに話しかけたと覚しき人物は、生涯の大半をインドで過ごし、一八六六年、地中海の海に水葬された人物である」と明かされる。すなわちギリシャ人の妻(ハーンの母)を棄て、別の女性と再婚し、ハーンの養育を大叔母にまかせていたイギリス陸軍軍人の父親チャールズの「霊」であった、というわけだ。

　子ども(ハーン)を放置して、別の女性のもとに行った父親が、死後、霊となって子どもに許しを乞うという展開は、出雲で聞いた「持田の子殺し」と通ずるものがあるだろう。ハーンがセツの語った子殺しの話に感動したのは、自分の体験を呼び起こしたからではないか。ハーンの人生を知るうえでも興味深いところだ。

　しかし問題はそれだけではない。シンシナティでの降霊術の体験は、ハーンが心惹かれる心霊の世界が、死者霊を召喚し、その語りを聞くという魔術的な実践と密接にあったことを教えてくれるだろう。心霊との交渉は魔術の現場ともリンクするからだ。『怪談』の基層には、心霊や精霊、邪霊を招き下ろす魔術があったのである。そのとき「霊に交わりて」の記事が、「浄め」の準備期間、霊媒の女性の役割、さらに儀式に至る手順、そしてハーンが「霊」から聞き出す会話の進め方、あるいは鉛筆と紙に書かせるという作法など、「降霊術」という儀式を詳細に記述することの意味も理解できる。霊と交信するための「テクネー」である。

じつはハーンは、降霊術を駆使する「魔術師」と出逢っていたのである。

三 「降霊術を信ずるわが友人」との出逢い

ハーンの降霊術の体験は二度目であった。一度目は「浄め」の途中で、好物のビフテキを食べてしまったので、霊は降りてこなかった。それで二度目のときは、「降霊術を信ずるわが友人」からアドバイスを受けて、厳格な「浄め」を実行したので「霊に交わりて」で描かれたように成功したというわけだ。

ところでハーンがアドバイスを受けた「降霊術を信ずるわが友人」とは、『現代心霊術の驚くべき事実』という本を書いたN・B・ウルフ博士であった。[14] ハーンは降霊術のセアンスの二週間前にウルフ博士にインタビューをしており、「現代心霊術」と題して記事にしていた（『インクワイヤラー』一八七四年一月四日）。その記事ではハーンが、降霊術師であるウルフ博士に絶大の信頼を寄せていることがわかる。

博士は、自身の著書を「心霊売り」と非難し、個人攻撃してくる人たちが多いこと、しかし博士は、「ねえ、君、心霊術の真実性を証明するのは時なのです。何も知らないくせにあざ笑う輩は、軽蔑すべき、また哀れむべき連中です」（「現代心霊術」）[15] と、静かに語った。そしてハーンを別室に案内すると、これまでの「心霊会」で交信した「精霊」たちが書いてくれた手紙を見せてくれた。「ネイ元帥からのフランス語の手紙」、「ほのぼのした愛情を感じさせる少女の霊からの届いた幼い筆致の短い手紙」、「インディアンの一酋長の霊からの荒々しい書きなぐりの書簡」など、それらは似通った筆跡のものはひとつもなかった。さらに博士は、「精霊」たちは「実体」をもっていること、その証拠として「小麦粉の中に精霊の手型を取ったこともありますよ」という。

こうした博士の語りは、「精霊」との交信の事実性を証明するための霊の「物質化」といわれるもので、心霊術を信じ込ませるときの、ひとつのパターンであった[16]。ハーンは、その手法にまんまとハマったともいえるのだが[17]、しかしここでは博士の降霊術の真実性とともに、その語りに大いに共感していることがわかる。以下は、博士の言葉である。

人間は誰しも墓の中に横たわったままただ朽ち果てて行くより、何かましなことができぬかものかと望んでいることをよく知っているからです。精霊の世界は確かに存在し、私たちより早くその世界に行ってしまった人たちとの交信は可能だと心得ています。いまだその揺籃期にあるといえ、心霊術も科学の一分野であり、いつの日か、風習、倫理、宗教、次世代の政治までも大きく変革すべく運命づけられているのです。今の世代にはまったく未知で、もっとはるかに進んだ、だが、よほど条件がそろわなければそこに到達できない心霊術があると、私は確信しています。（「現代心霊術」著作集2）

アメリカにおける降霊術の流行はロンドンに渡り、やがて物理学者ウイリアム・バレットの提案を受けて、一八八二年に「心霊現象研究を目的とする最初の学術団体すなわち心霊研究協会」が発足している[18]。一八七四年のハーンの記事に記されたウルフ博士の発言は、いわばそれを先取りするような先鋭性が読み取れるが、自分はあくまでも「確たる信念をもった心霊術家」であって、「心霊理論の解説者」などにはなりたくないという。また博士は「ウッドハルなどが提唱している心霊会組織」などには同意しないという。そうした組織は役柄や地位をめぐる世俗性が付きまとうからだ。それもまた、ロンドンに渡った「心霊」ブームが、心霊主義／心霊学に対立を孕んでいくこと[19]への批判を先取りしているといえよう。

ハーンがウルフ博士を高く評価し、共感していくことは、博士の指示どおりに行った降霊術で、父の霊が降りてきたという体験とも結びつく。そしてそのことは、ハーンが「心霊理論の解説者」、「心霊会組織」の本場となるロンドンではなく、「日本」に惹かれていくこととも通じているのではないか。ハーンは、故郷のロンドンに戻り、「心霊」の科学的研究に従事するという選択肢もあったはずだ。しかし彼は故郷のロンドンには戻らなかった。彼が向かったのは、第二の故郷ともなる、「霊の国」の日本であったからだ。

四　「われわれ自身が一個の霊にほかならず……」

一八九〇年（明治二三）四月に来日したハーンは、新聞記者の契約を破棄し、そのまま松江に移住し、島根県尋常中学校の英語教師となる。その後、熊本、横浜、東京へと引っ越しを続け、一八九六年（明治二九）九月に帝国大学文化大学の講師に就任し、一九〇三年（明治三六）三月まで日本の学生たちにヨーロッパ、アメリカの最新の文学を講義していく。ハーンの講義は、受講した学生たちの克明な筆記ノートをもとに複数の講義録が国内外で出版された。そのなかのひとつが、ハーンの文学を語るうえでしばしば引用される「小説における超自然的なものの価値」（『文学の解釈』）である[20]。そこにはこんな一節がある。

しかしわれわれが、いかなる宗教を奉じるにせよ奉じないにせよ、近代科学の果たした貢献のひとつは、これまで物質的で実体があると思ってきたものがすべて、本質において、幽霊のごとく霊的なものであることを、まったく疑問の余地なく証明したことである。たとえわれわれが、霊をめぐる古風な物語や説を信じないとしても、なお今日、われわれ自身が一個の霊にほかならず、およそ不可思議な存在であることを認めないわけにはいかない。
（「小説における超自然的なものの価値」著作集7）[21]

近代科学の発達こそが「霊」の発見を導いた――。この逆説的な認識が、ハーンの時代の心霊術、心霊学、スピリチュアリズムの発展と結びつくことは、いうまでもない。さらに講義のなかで、「神」の存在も「幽霊」から進化したもので、そのように認識したほうが「神の森厳さ」を増すとも、語っている。

ハーンの講義は、学生たちにむけて、小説の実作者、研究者を育てる気持ちで語られている。いかにいまの時代で「幽霊」のような存在をリアルに描き出せるか。それは人が夜見る「夢」との繋がりを書くことが重要であると説く。われわれ自身が一個の「霊」にほかならないのは、「夢」を見るからだ。続いて、ハーンは、その実例としてメーテルリンク、ゴーチェ、コールリッジやアラン・ポーたちをあげるが、「英語による最もすぐれた怪奇の物語」（前出）として絶賛するのは、ブルワー＝リットンの「幽霊屋敷」であった。一見すると通俗的な恐怖小説にも見える本作は、けっして単純なものではなかった。

すでに指摘されているように、この作品の前半は、「伝統的な幽霊物語の要素」が濃厚で、スリルと恐怖を味わうことができる。しかし後半は「屋敷の呪いをかけた魔術師」に焦点が移り、「明瞭にオカルト小説としての相貌」があらわになる。[22] その前半と後半を繋ぐのが、幽霊屋敷に現れた男女の霊とは別に「大きな影がまたついと出てきて、前と同じように、この幽霊どもを闇で包んでしまった」[23]と、第三の霊が登場するところだろう。

しかしハーンは、物語の後半、魔術師の登場が暗示されていくところは、「ここよりさきになると、ほかの要素がいろいろ入ってくることになるし、それもわれわれのテーマに全然関係はなくはないが、テーマの例証のためにはむしろ、ポーの短編をいくつか見るにしくはない」（前出）と、話題をアラン・ポーの「アッシャー家の崩壊」に転じてしまう。「悪夢」との繋がりで読むポーの話題も捨てがたいところだが、ハーンが省略した物語の後半に描かれた「ほかの要素」とは、まさしく「オカルト小説」としての展開であったのだ。そこには心霊と魔術、そして文学とのかかわりが浮かび上がってくるのである。

五　オカルティズムと「恐怖怪奇派」

ここで「幽霊屋敷」をめぐる平井呈一の解説を聞いておこう。

後半に謎の不死の人物が出てきて、主人公と神秘哲学の問答をするくだりがありますが、あすこがじつは作者の言いたいミソなのであります。というのは、リットンは一時神秘学《オカルティズム》に凝って、近世神秘学の元老泰斗《たいと》といわれるエリファス・レヴィの門に弟子入りして、魔術の奥義《おうぎ》に直入したと自称しているほどの人で……。(24)

そして平井は、リットンの長編『ザノーニ』、『不思議な物語』を「自分が実見した法術の摩訶不思議を縦横に駆使した、メロドラマ風の異色ある恐怖小説」で、「いま読んでもたいへんおもしろいものであります」と紹介していく。ところでリットンが師事したというエリファス・レヴィといえば、いちはやく澁澤龍彦が『悪魔のいる文学史』で紹介し、ユゴー、ボードレール、ランボー、リラダン、マラルメ、イエイツなど象徴派詩人からジョイス、アンドレ・ブルトンなどの現代作家にも絶大な影響を与えた一九世紀最大の隠秘学者として知られている。(25) まさしく文学と魔術とを架橋する、重要人物であった。(26)

ハーンは、エリファス・レヴィについては直接触れることはないが、後に『英文学畸人列伝』のタイトルでまとめられた、(27) 一八九九年の講義録の一篇「「マンク・ルイス」と恐怖怪奇派」では、リットンについて「この一作を書くのに、作者は多年特異なオカルトの世界――中世の錬金術、バラ十字教団の文献、古今の魔術、東西両洋の迷信など――の研究に費やした」(28) ことを明かにしている。

さらに注目されるのは、「「マンク・ルイス」と恐怖怪奇派」の講義のメインテーマが、一八世紀に大流行した、いわゆるゴシック・ロマンスの再評価にあったことだ。すなわちウォルポール『オトラント城』、ベックフォード『ヴァセック』、ラドクリフ夫人『ユドルフォーの怪』、マシュー・グレゴリー・ルイス『マンク』、メアリー・シェリー『フランケンシュタイン』、そしてマチューリン『さまよえるメルモス』など、ゴシック派＝恐怖怪奇派の作品たちを解読し、リットンを「恐怖派グループ」のなかでもっとも洗練された完成形として位置付けている。そこでハーンは言う。「英文学史の研究も、この恐怖派に言及しなければ完全といえないばかりでなく、その影響は一九世紀文学にも尾をひいている…」と。

横山茂雄によれば、ゴシック・ロマンス派の包括的な研究書の出現は、第一次大戦後の、エディス・パークヘッド『恐怖小説史』（一九二一年）であったという。(29) ハーンが、いち早く「恐怖怪奇派」を再評価し、それを日本の学生たちに向けて語っていたことは、注目されるところだ。講義の締めくくりでハーンは語る。文学で必要なのは、近代的な人生の「教訓」や「道徳」を説くことではない。「芸術家は自分の力を信じてはならぬ、自然と神を信じなくてはならぬ」と……。

シンシナティやニューオーリンズの降霊術、心霊主義の世界。それと連動するように、リットンの恐怖小説を絶賛し、ゴシック・ロマンス派に着目していくハーン。それを知るとき、彼の『怪談』（一九〇四年）の世界とは、じつはその文学的な系譜のうちにあったことが見えてくる。(30) 近年の研究によって「雪女」は、日本の断片的口碑を利用した「ハーンの創作」であったことが明らかにされた。(31) ハーンが出逢った「日本／出雲」の霊的世界もまた、そうした心霊や魔術の世界性と無縁ではなかったのである。

六「出雲」の彼方へ

ふたたび死者の霊の声が響く日本海の村々、「出雲」の地へと立ち戻ってみよう。来日したラフカディオ・ハーンが、出雲大社に正式参拝し、宮司職を世襲する国造家《こくそう》の千家尊紀《せんげたかのり》と対面し、その後も親交を深め、「神道」へと傾倒したことは、よく知られているところだ。そうしたハーンの「神道」の礼賛には、国家神道と民衆世界の信仰世界との区別が曖昧、という批判もある。(32)

しかしハーンが出雲で出逢った「神道」は、シンシナティ時代の降霊術、心霊、魔術の世界と無縁ではなかった。ハーンは、「杵築」（『日本瞥見記』上）のなかで、出雲大社の神職たちを古代ギリシャの「エレウシスの秘儀を司る神官」と重ねて描き出していた。(33) エレウシスの神官とは、地下の暗黒の象徴デメテルやペルセポネ女神を祭り、人の生死を司り、その再生の秘儀に携わる存在であった。(34) そして出雲大社の祭神オホクニヌシは、幽冥界を支配する神とされていたのである。

ここで「出雲」から発信される神道をめぐって、重要な人物が浮かび上がってくる。江戸後期の国学者、平田篤胤《あつたね》だ。出雲大社のオホクニヌシを幽冥界の支配神としたのは、『霊能真柱《たまのみはしら》』や『古史伝』という学知を通して解釈、創造された近世の神話であった。そして篤胤の創造した神話の後景には、キリスト教的な世界観が組み込まれていたのである。[35]

ハーンは、遺著となった『神国日本　解明への一試論』（一九〇四）に、平田篤胤を引用しつつ、オホクニヌシを「霊の国の支配者」と呼ぶ。オホクニヌシは「見えない国」「霊の国」の支配者＝「死者の帝王」であったこと、だから万人の霊は死後、オホクニヌシの支配する幽冥の国に赴く……。とくに「われわれは最も望ましい事情の下で、百年以上の寿命を望むわけにはいかない。しかし死後は大国主神の「幽冥の世界」に行って、彼に仕える……」[36]と。この一節は、篤胤の『古史伝』の翻案であった。[37]

ところで平田国学といえば、明治初年に始発、形成された国家神道の基盤をなしたことで知られていよう。それはまちがいない。しかし一方、篤胤は国家に管理された、世俗道徳的な神道とは違う、いわば異端的な神道にも繋がっていた。その代表は、出口ナオ、王仁三郎による大本教である。「平田篤胤ノ教ガ出口王仁三郎ノ思想ノ根底ヲナスモノナノデアリマス」（長沢雄楯）[38]。そして彼らの神道もまた「出雲」と深い繋がりをもっていたのである。[39]

一方、平田篤胤の学問は、『仙境異聞』や『稲生物怪録《いのうもののけろく》』、『勝五郎再生記聞』『霧島山幽境真語《ゆうきょうしんご》』などの、仙境、異界、心霊の世界へと展開するものであった。その系譜は泉鏡花を代表とする幻想文学、あるいは柳田国男、折口信夫という民俗学に通じていく。[40]

ハーンの帝国大学での講義を聴講した学生には、上田敏が有名だが、異彩を放つのが浅野和三郎である。彼は海軍学校の教授となって、シェークスピアの個人訳全集を企図するが、三男の病気をきっかけに、大本教に入信。鎮魂帰神法《きしんほう》の魔術にのめり込み、『神霊界』の編集主任となり、『大正維新の真相』などで、大正維新への変革を説いた。[41]しかし大正一〇年（一九二一）の第一次大本教弾圧以降、大本教を脱退、その後は「心霊科学研究会」を設立する。その研究会の最初の刊行物は、「江戸の平田篤胤翁が渾身の努力をさゝげて調査蒐集せる仙境異聞寅吉物語」の「現代語訳」であった。[42] また浅野の研究会には、千里眼事件で東大を退職した福来友吉も参加している。彼の周辺からは日本の「心霊学」のテーマが広がっていくのだ。[43]

そんな浅野の文学や思想を形成したなかに、ハーンがいた。彼は後年「三年の星霜をば小泉先生の薫化の下に送り得たのは、無上の幸福であった……」[44]と熱く、思い出を語っていたのである。

どうやら、文学と魔術、心霊のはざまには、われわれのまだ見ぬラフカディオ・ハーンが潜んでいるようだ。

【註】

（1）『現代詩文庫・日夏耿之介詩集』（思潮社、一九七六年）。なお日夏耿之介は、自身の詩体を「ゴスィック・ローマン詩体」と呼んだ。井村君江によれば「ゴスィック」の名称には、一八世紀イギリスに流行したゴシック・ロマンス小説のことが「暗々裡のうちに含まれていた」（『日夏耿之介の世界』国書刊行会、二〇一五年）。たしかに「しかし笛の音はない夜の事」は、ゴシック小説のワンシーンを思わせる。

（2）『山陽新聞』明治二四年八月一五日の記事に「ヘルン氏の旅行」の見出しで「当尋常中学校雇教師ヘルン氏は、京阪地方漫遊として愛妾同道昨日出発したり」とある。ただし行先は「京阪地方」ではなく、伯耆と美保関の旅であった。以上、平川祐弘編『明治日本の面影』「日本海の浜辺で」（講談社学術文庫、一九九〇年）の「註」による。

（3）平井呈一訳『日本瞥見記』下（恒文社、一九七五年）。ちなみに平井はラフカディオ・ハーンの著作集全一二冊を個人訳で刊行しているほどの「ハーン贔屓」である。

（4）牧野陽子「日本海の浜辺で」（平川祐弘監修『小泉八雲事典』恒文社、二〇〇〇年）を参照。

（5）小泉凡『民俗学者・小泉八雲』（恒文社、一九九五年）

（6）千葉洋子「ラフカディオ・ハーンとオカルティズム」（『国文学』学燈社、二〇〇四年一〇月号）。このテーマについての先駆的研究である。

（7）前掲書（2）、註による。
（8）小松和彦『異人論』（ちくま学芸文庫、一九九五年。原著は一九八五年）。「こんな晩」の引用も同書による。
（9）「七人ミサキ」とは七人で旅をしていた人が途中、事故などで死去する。それが怨霊となって、七人の旅人に取り憑いてくると恐れられた。なお、わたしもかつて高知県旧物部村の「いざなぎ流」の調査に際して、たまたま同行するメンバーが七人となってしまったため、いざなぎ流の太夫から、同好者のなかに家族の写真をもっているひとがいれば、その写真の人も一緒にいることにする呪術を施すといわれ、それをしてもらった経験がある。
（10）小松、前掲書（8）。さらに小松は『悪霊論』（青土社、一九八九年）では、この問題を村落社会における歴史叙述の生成過程として捉えている。
（11）三浦清宏『近代スピリチュアリズムの歴史』（講談社、二〇〇八年）、吉村正和『心霊の文化史』（河出書房新社、二〇一〇年）参照。ジャネット・オッペンハイム〔和田芳久訳〕『英国心霊主義の台頭』（工作舎、一九九二年）。同書によれば、一九世紀イギリスは、密教（秘儀仏教）、薔薇十字会の復活、カバラ思想、ヘルメス主義、霊魂再来主義（輪廻）など、オカルティズムの大流行の時代であった。
（12）千葉、前掲論文（6）
（13）千石英世訳「霊に交わりて」（『ラフカディオ・ハーン著作集』第四巻、恒文社、一九八七年）
（14）千葉、前掲論文（6）
（15）秦暎一訳「現代心霊術」（『ラフカディオ・ハーン著作集』第二巻、恒文社、一九八七年）
（16）オッペンハイム、前掲書（11）
（17）一方、「オカルト・サイエンス」（『インクワイヤラー』一八七四年一月一一日。前掲書（15）所収）では、「リッチモンド通りの女予言者」のいかさまを、皮肉たっぷりに描いている。
（18）吉村、前掲書（11）
（19）三浦、前掲書（11）
（20）「小説における超自然的なものの価値」は、コロンビア大学のジョン・アースキン教授がハーンの主要な文学講義を編纂出版して、欧米でも大きな反響を呼んだ『文学の解釈』全二巻のうちの一篇である。平井呈一怪談翻訳集成『迷いの谷』（東京創元社、二〇二三年）の「解題」による。
(21) 立野正裕訳「小説における超自然的なものの価値」（『ラフカディオ・ハーン著作集』第七巻、恒文社、一九八五年）
(22) 金井公平「ブルワー・リットン卿：「幽霊屋敷」の背景」（『明治大学教養論集』二八二号、一九九六年）。
(23) 平井呈一訳「幽霊屋敷」（『怪奇小説傑作集1 英米編Ⅰ』創元社推理文庫、一九六九年）。なお本作品は、一八八〇年（明治一三）に、井上勤訳『龍動鬼談』として刊行されている。この翻訳本については、本書、一柳廣孝論文を参照。
(24) 平井、前掲書（23）の「解説」。リットンは、一八五三年にロンドンを訪れたエリファス・レヴィと知り合いになり、魔術の理論や降霊に関しての影響を受けたという（コリン・ウィルソン〔中村保男訳〕『オカルト』（平河出版社、一九八五年）
(25) 澁澤龍彦『悪魔のいる文学史』（原著一九七二年、『澁澤龍彦全集』一一、河出書房新社、一九九四年）。なお、ボードレールを日本に最初に紹介したのは、ラフカディオ・ハーンであった（前掲書（4）『小泉八雲事典』）。ハーンはボードレールの「女の髪の中の半球」「時計」「愚者と美神」「異邦人」を翻訳している（池田雅之『小泉八雲』角川ソフィア文庫、二〇二一年）。またボードレールが、エリファス・レヴィの影響を受けたことについては、ジョルジュ・ブラン〔及川馥訳〕「ボードレールと魔法」（『ボードレールのサディスム』牧神社出版、一九七三年）に詳しい。
(26) 生田耕作は、エリファス・レヴィの代表作である『高等魔術の教理と祭儀〔教理篇〕〔祭儀篇〕』（人文書院、一九八二年、一九九二年）を翻訳し、今日の西欧に伝わる魔術の基本、カバラの薔薇十字的解釈の領域における権威であり、その実践者として「魔道中興の祖」と位置付けている。
(27) 由良君美・門脇由紀子訳『『ラフカディオ・ハーン著作集』第七巻、恒文社、一九八五年）
(28) 引用は、平井呈一訳「「マンク・ルイス」と恐怖怪奇派」（平井呈一怪談翻訳集成『迷いの谷』東京創元社、二〇二三年）による。
(29) 横山茂雄「ゴシックの「復活」――ゴシック小説の研究史をめぐって」（『幻想文学』二六号「イギリス幻想文学必携」一九八九年）。『恐怖小説史』は富山太佳夫ほか、で翻訳がある（牧神社、一九七五年）。また横山が、第二次大戦後のゴシック再評価の先陣を切った書物として位置付けるデヴェンドラ・P・ヴァーマ『ゴシックの炎』は、谷岡朗ほかによる翻訳がある（松柏社、二〇一八年）。
一方、戦後日本におけるゴシック小説の再評価の代表は、『文學季刊　牧神』第一号「特集　ゴシック・ロマンス――暗黒小説の系譜」（牧神社、一九七五年）だろう。本誌には、マリオ・ブラーツ「暗黒小説の系譜」、平井呈一と生田耕作の対談「恐怖小説夜話」も掲載されている。また文学批評としては、紀田順一郎編『出口なき迷宮　反近代のロマン〈ゴシック〉』（牧神社、一九七五年）がある。なお本書は『ゴシック幻想』（書苑新社、一九九七年）と改題され、復刊している。また研究書としては、小池滋・志村正雄・富山太佳夫共編『城と眩暈　ゴシックを読む』（国書刊行会、一九八二年）。さらにメアリー・シェリー『フランケンシュタイン』をヘルメス思想、現代エソテリズムとの繋がりで読み解いた田中千惠子『フランケンシュタインとヘルメス思想』（水声社、二〇一五年）が、あらたな研究の視野を切り開いたものとして注目される。また近年の入門書としては小池滋『ゴシック小説を読む』（岩波書店、一九九九年）、唐戸信嘉『ゴシックの解剖』（青土社、二〇二〇年）などがある。さらに東雅夫編による『ゴシック文学神髄』（ちくま文庫、二〇二〇年）、『ゴシック入門』（ちくま文庫、二〇二〇年）によって、代表的なゴシック作品や批評、研究が手ごろな文庫で読めるようになった。一八九九年にラフカディオ・ハーンが告知した「恐怖怪奇派」の再評価が実現されたものといえよう。

（30）「再話」文学作者としてのハーンについては、近代的な「個人」や「自我」の枠組みを溶解させ、未生の存在、霊魂、来世の観念の共感と恐怖を結実させたものと捉えた兵藤裕己「ラフカディオ・ハーンと近代の「自我」」（『物語の近代』岩波書店、二〇二〇年）を参照。

（31）遠田勝『雪女　百年の伝承』（幻戯書房、二〇二三年）

（32）太田雄三『ラフカディオ・ハーン』（岩波新書、一九九四年）は、「ハーンが神道の力と解釈したものの多くは、明治になってから、政府が修身教育などを通して国民教化の努力を行った結果」であり、「日本国民の忠君愛国主義には政府の手で人為的に培われたという一面があること」への洞察がまったく欠けていたと批判する。

（33）遠田勝「修辞としてのギリシア」（『ユリイカ・特集ラフカディオ・ハーン』一九九五年四月号）

（34）吉田敦彦「ギリシャ・ローマの神話」（大林太良・他編『世界神話事典』角川書店、一九九四年）

（35）斎藤英喜『異貌の古事記』（青土社、二〇一四年）、同「異貌の平田篤胤——近世神話・異端神道・ファシズム」（『現代思想』二〇二三年一二月臨時増刊号「特集・平田篤胤」）。

（36）ラフカディオ・ハーン〔柏倉俊三〕『神国日本——解明への一試論』（平凡社東洋文庫、一九七六年）

（37）「人も是に準へて思ふに、此世にある間は、おおかたの人は百年には過ざるを、幽世に入ては無窮なり」（『古史伝』巻二三全集3　一一七–八頁）。この点は、原武史『〈出雲〉という思想』（公人社、一九九六年）参照。原はハーンを「オホクニヌシを幽冥主宰神としてとらえることのできた、最後の出雲派であった」と述べている。

（38）長沢雄楯「大本教事件に対する意見」（鈴木重道『本田親徳研究』五一三頁（八幡書店、一九八四年）

（39）原、前掲書（37）。最新の研究に、松尾充晶「大本の聖師、出口王仁三郎が見た出雲」（島根県古代文化センター研究論集二六集『日本書紀と出雲観』ハーベスト出版、二〇二一年）がある。

（40）斎藤英喜「昭和一八年の平田篤胤——折口信夫「平田国学の伝統」を読み直す」（佛教大学『歴史学部論集』第十三号、二〇二三年）

（41）松本健一『神の罠』（新潮社、一九八九年）

（42）鎌田東二『神界のフィールドワーク』（青弓社、一九八七年）

（43）一柳廣孝『〈こっくりさん〉と〈千里眼〉』（講談社、一九九四年）、栗田英彦編『「日本心霊学会」研究』（人文書院、二〇二二年）、などを参照。また心霊と文学との関係をめぐるテーマは、一柳廣孝『無意識という物語』（名古屋大学出版会、二〇一四年）を参照。

（44）浅野和三郎『出蘆』第一部（龍吟社、一九二一年）

第五章

西洋近代魔術の到来
――井上勤訳『龍動鬼談』をめぐって――

一柳廣孝

はじめに

「魔術」と聞いて、私たちはどんな場面を連想するだろうか。異形の者が魔法陣から悪魔を呼び出している様子か、箒にまたがる魔女の姿か、それとも陰陽師が妖を調伏するために印を結んでいる場面だろうか。現代、特にサブカルチャーの領域では魔術への関心が高い。魔術をモチーフとしたライトノベルの人気作ならば、三田誠『レンタルマギカ』（二〇〇四～一三年、角川スニーカー文庫）、鎌池和馬『とある魔術の禁書目録《インデックス》』（二〇〇四～刊行中、電撃文庫）などがすぐさま思い浮かぶ。これらの作品に登場する魔術は、ルネサンス以降に体系化された西洋近代魔術を基盤とすることが多いようだ[1]。

ところが、日本の近代文学に登場する魔術のイメージは、まったく異なる。たとえば、谷崎潤一郎「魔術師」（一九一七年［大正六］一月、「新小説」）。いずこの国とも分からないカーニバル空間に建てられた劇場の舞台で、年若い魔術師が披露する演目のひとつは「メスメリズム」である。それは場内の観客全員に催眠作用を起こさせるものであり、劇場内のあらゆる人間が、魔術師の与える暗示のとおりに錯覚を感じるのだという。彼の扱う魔術のひとつであるメスメリズムがそういうものであるならば、スケールは大きいものの、これは催眠術である。

また芥川龍之介「魔術」（一九二〇年［大正九］一月、「赤い鳥」）では、語り手の私がインド人の「年の若い魔術の大家」マテイラム・ミスラ宅を訪問したさい「確《たしか》あなたの御使いになる精霊は、ヂンとかいう名前でしたね。するとこれから私が拝見する魔術と言うのも、そのヂンの力を借りてなさるのですか」と問いかけると、ミスラは「ヂンなどという精霊があると思ったのは、もう何百年も昔のことです。アラビヤ夜話の時代のこととでも言いましょうか。私がハッサン・カンから学んだ魔術は、あなたでも使おうと思えば使えますよ。高が進歩した催眠術に過ぎないのですから」と答え、その場で実演してみせる。ここでもまた、魔術とは催眠術の別称なのだ。

はたしてこの魔術イメージは、どこから生じたのだろうか。結論から言ってしまえば、明治期の催眠術ブームから派生した見世物（手品）の演目としての催眠術がその神秘性を強調し、「魔術」の名称を有効に利用したからである。たとえば「英国魔術博士エーチノア　手品興行」（一八八九年七月五日、東京朝日新聞）など、魔術が手品の同義語であるという印象を与える言説は、明治期に広く流布していた。その一方で催眠術は、最新の科学的な分析対象のイメージと、超自然的な領域にアクセス可能な魔術のイメージの両面を兼ね備えた稀有な表象でもあった(2)。こうした複数の要素が絡まりあって、催眠術は魔術の代表的な技法と見なされたのだろう。

しかし、実は催眠術の本格的なブームが日本に到来する以前に、魔術と催眠術との奇妙な関係性に言及する作品が存在していた。井上勤訳『開巻驚奇　龍動鬼談』（一八八〇年〔明治一三〕、世渡谷文吉）である。本稿では、西洋近代魔術の姿をいち早く日本に紹介したこの作品に注目し、作品内に描かれた特異な魔術イメージについて考えてみたい。

1 "The Haunted and the Haunters : or The House and the Brain" の様相

『龍動鬼談』の原題は"The Haunted and the Haunters : or The House and the Brain"（一八五九年）、著者はエドワード・ブルワー＝リットン（一八〇三〜七三）である。『ポンペイ最後の日』（一八三四）で知られるイギリスの作家であり、植民地大臣を務めた政治家でもあった。日本では明治期に、彼の政治小説が好んで訳されている。丹羽純一郎訳『欧州奇事花柳春話』（一八七八年〔明治一一〕、坂上半七）、同訳『欧州奇話　寄想春史』（一八七九年、山中市兵衛）などである。

さて、本作の原題には二つのタイトルが併記されている。前半のタイトル（「幽霊と幽霊たち」）と後半のタイトル（「家と脳髄」）は、それぞれが相互補完的な関係にあり、幽霊屋敷に顕現する多様な超自然現象と、その背後に存在する邪悪な魔術師の意志（「脳髄」）との関係を暗示している。物語は、前半が幽霊屋敷での体験談、後半はその屋敷に呪いをかけた魔術師が焦点化される。そのためか、この作品は前半部だけで出版される場合と、後半も含めて出版される場合がある。タイトルもまた、二つの表題が併記される場合と、どちらか片方のみが付される場合がある(3)。なお『龍動鬼談』は、前半のみの翻訳である。

原作は、発表当時から高く評価されていた。たとえば小泉八雲には、次の指摘がある。「霊的なもの、ありえざるものを手がけて成功している例は、必ずといってよいほど、どこまでも夢の経験の真実性と合致しており、この法則をブルワー・リットンの幽霊屋敷の物語が例証している」「もちろん日常の、目ざめているときの生活では、そのような経験を、つまり意志を奪われ、はるか遠方から目に見えない力でがんじがらめにされているという感覚を持つことはない。それはまぎれもなく、磁気作用の、催眠術《メスメリズム》の経験である。しかも、それは魔術に関連した中世の恐怖の信仰の起源となっているのである。ほかに適切な言葉がないので、かりにそれを超自然的催眠術と呼んでおくことにしよう」[4]。

ここで八雲が用いている「メスメリズム」については、少々解説が必要かもしれない。そもそもメスメリズムは、一八世紀後半に活躍したフランツ・アントン・メスメルの動物磁気説に由来する。彼は、宇宙万物には磁気を帯びた微細な物質（動物磁気）が流れており、体内の動物磁気の流れを整えることで病は治ると考えた。この動物磁気治療法が活況を呈するなか、治療中に半覚醒状態となる患者が現われた。彼らはこの状態に陥ったとき、しばしば超常的な現象を引き起こしたという。霊との交信、遠隔地の透視、思想伝達、予知などである。

このような不可解な現象に接したメスメリストたちは、メスメリズムを不可視の世界と交信し得るシステムと捉えた。彼らは科学の上位に魔術を置き、魔術のごとき現象を誘発するメスメリズムこそ、現存の科学を越える高等科学であると主張した。こうしてメスメリズムは、神秘主義に接続する。彼らの異形性は、ドイツロマン派の小説に描かれている。他者の精神を自在に操作する魔術の徒、旅の動物磁気催眠術師（メスメリスト）が、それである。

その一方、医学の領域では、動物磁気が引き起こしたという催眠状態は脳内作用であると考えられ、オカルティックなイメージの強い「メスメリズム」という名称に代えて「ヒプノティズム」（催眠術）という名称が用いられるようになった。催眠術が精神医学や心理学の研究対象として盛んに論じられるようになるのは、一九世紀半ば以降である[5]。ただし、日本で紹介された当初、メスメリズムと催眠術は同一視されていたようだ。たとえば「東洋学芸雑誌」（一八八六年五月）の雑報欄には「催眠術は英語にてはメズメリズム或《ママ》はヒプノチズムと云う。近頃我国にては余程流行する由なり」とある。八雲の使用する「メスメリズム」が多義性を帯びているのは、こうした経緯による。

さて、八雲の評価のポイントは、超自然的な事象をいかにリアルに描くかという点にある。われわれが日常生活で恒常的に「超自然」を感知する場があるとすれば、それは夢だろう。いわゆる金縛り体験は、半覚醒状態のときに体験することが多い。このときの恐怖を「磁気作用」「催眠術《メスメリズム》の経験」として認知し、そこに魔術がもたらす恐怖の根源を見いだす八雲の言説は、同時代の西洋魔術をめぐる複数の文脈を想起させる。

この点を強調しているのが、H・P・ラヴクラフトの批評である。彼は当該作品が発表された当時の時代状況と、自らがこの批評を執筆していた一九二〇年代半ばの状況を意識しつつ、次のように述べている。「この当時は、いんちき降霊術、霊媒、ヒンズー教の神智学といった類への関心が俄かに高まって、今日とよく似た情況を呈していた。だからこそ、「心霊的」ないしは擬似科学的基盤を有する怪奇小説が相当数書かれたのである。また、そんな小説の多くは、多作で人気もあったエドワード・ブルワー＝リットンに負うところが大だった。大袈裟な言い回しと空虚なロマンティシズムが盛沢山だとは言っても、リットン卿がある種の異様な魅力を編み出したことは否定し得ないのである」「「幽霊屋敷と幽霊」は薔薇十字会の思想を匂わせ、かつルイ一五世に仕えた不可解な宮廷人サン・ジェルマンをモデルにしたのではないかと思われる悪意ある不死身の人物を配した物語だが、今もなお幽霊屋敷を扱った短篇の最高傑作の一つに数えられている」(6)。

ラヴクラフトはこの作品が発表された十九世紀半ばのイギリスを、超自然的なるものに対する関心が急激に高まった時期とし、それゆえに大量に出現した心霊的、もしくは擬似科学的な怪奇小説を先導した作家がリットンだったと指摘する。野口哲也もまた、本作品の大きな特徴として「メスメリズムや心霊主義（スピリチュアリズム）といった文化的背景への言及」を挙げている(7)。

当時のイギリスに蔓延していたある種の精神的な指向性について、風間賢二は言う。「産業革命進展の恩恵をこうむって余暇ができ、また政治的・経済的に安定期にも入ったおかげで生の倦怠を覚え始めたヴィクトリア朝の人々のメンタリティーが生み出したセンセーショナリズムとセンス・オヴ・ワンダーへの嗜好。そうした一面が、大衆を現実のおどろおどろしい流血事件や超自然的な幽霊現象に熱狂させた」。さらに風間は、当時世界的に大流行していたコレラが喚起する死への関心、アメリカから伝播したスピリチュアリズムの影響、そして身体レヴェルだけではない心的なレヴェルでの変調、つまり近代精神医学が成立したことで顕在化した狂気への関心などの要素を指摘している。[8]

とはいえ、本作が高く評価されてきた所以は、何よりも怪奇小説、幻想文学としての完成度だろう。同作の翻訳に携わった平井呈一には、次の言及がある。「わたしが今まで読んだなかで、本格的に怖いと感じた作品は、リットン卿の「幽霊屋敷」であった。ハーンが世界最高の怖い小説と折り紙をつけていることをあとで知ったが、誰もそれに異存はないだろう。怪異小説としての恐怖の素因や条件が多量にそなわっているという点で、あれはやはり大小説である。怪異に対するリットンの解釈や主張は、時世とともにすでに古いかもしれないが、それを差し引いてなおかつ残る、目に見える恐怖と目に見えない恐怖とは、今でも読む者を慄然とさせるものがある」[9]。

ただ、ここで気になるのは、はたして『龍動鬼談』が刊行された一八八〇年（明治一三）の時点で、本作にどれぐらいの需要があったのか、という点である。日本の文学シーンにあって怪奇幻想文学が形を為すのは、泉鏡花などの例外を除けば大正期以降だろう。政治小説花盛りのこの時期に、あえて『龍動鬼談』を公にした意図については、訳者の父、井上不鳴が著した本書の「序」に詳しい。

不鳴は言う。かつて東京でシーボルトと交際していた際、話題が「我が国天狗の怪」に及ぶと、シーボルトは、それは「妄誕」であると嘲笑した。ところが『龍動鬼談』を閲読してみれば、欧州にも怪異は存在しているではないか。にもかかわらず日本人は無鬼論を採用して、このような現象を否定する。笑止としか言いようがない。この世界には人智の及ばないことがあることを、我々は知るべきである。その意味でも、この「遊戯怪談の小冊子」を刊行することは、後世の学者に益がない訳ではなかろう、と。

三浦正雄はこの序文を踏まえ「人知ではとらえがたいことを安易に否定せず、むしろ多大な興味をいだき広く紹介して、開化期の人々が、短絡的な実用主義・合理主義に走ることに警告を発する必要性を感じていた」点に、翻訳者の意図を見いだしている。[10] ただし、この幽霊屋敷物語は、単に荒唐無稽な「怪異」を描いた作品ではない。ここで注目したいのは、平井が「すでに古いかもしれないが」という「怪異に対するリットンの解釈や主張」、つまり、怪異を解釈するための理論設定にある。ではそれは、いかなるものだったのか。その理論のなかで、魔術はどのように語られているのか。

二　『龍動鬼談』における「魔術」

『龍動鬼談』においてまず気になるのは、幽霊屋敷の情報を語り手の「余」にもたらした友人が、当代有数の知識人として紹介されている点である。「余」は彼について「頗る博学多識にして就中理論の学に通じ平生《つね》に天地間の理を説くこと詳《つまび》らかなれば之れを聞く者誰一人として其才学を賞嘆せざるものとてはなかりき」と絶賛する。(11)しかし原作では、哲学者で作家でもあるといった、簡便な記述にとどまっている。この意訳は、文明開化期の啓蒙思想が普及するなか、迷信として排除の対象になっていた幽霊に対して、欧米の一流の知識人が関心を示している点を強調するための措置と思われる。

また、彼から話を聞いた「余」は「世間に稀なる珍談奇話」を好む好事家であることを自任し「化物屋敷に一夜なりとも留まりて怪し事を現在耳目に見聞する程我が身に取て面白き事やはある」と興奮を隠しきれない反面「後来窮理学問の補助とならん」と、研究的な視点も併せ持っている。この「余」と友人とが共有している知のフレーム（「理論の学」）は、心霊学（モダン・スピリチュアリズム）だろう。SPR（英国心霊研究協会）の設立は一八八二年、本作品の初出は一八五九年なので、本格的な科学的心霊研究のスタート地点に先んじているが、一八四八年のハイズヴィル事件からすでに十年以上が経過し、イギリスにも心霊学の波は伝わっていた。アメリカの著名な霊媒、ハイデン夫人がイギリスを訪問したのは一八五二年。翌五三年にはロバーツ夫人が訪英している。彼女たちによってイギリスではテーブルターニングが大流行し、ティータイムには各家庭で競うように降霊会が催されたという。(12)

このようなアメリカ経由の「心霊」的な眼差しは、一緒に屋敷に侵入した召使が逃げ出して、ひとり屋敷に残った「余」が思索に耽る場面に投影されている。彼は「世に理外の理と称すべきものなし」と主張する。一般に「理外の理」と言われるのは、ただ言葉の上で使用しているだけで、実物を見て、その原因を知ることもなく漫然と呼称しているにすぎない。よって、今ここに出現している幽霊についても「理外の理顕出したり」と言うべきではない。なぜならば、目に見え、耳に聞こえる現象には、必ず定理があるからである。そして、怪異に関する自らの体験や、事実譚として書物に残された怪異の例を踏まえれば、その原因は「生活ある実体の力」にある。

このように思索を進めた「余」は、最近の欧州やアメリカでの具体例を思い起こす。このなかに「魔術師」が登場する。「余」は思考する。いま、欧州各地には魔術師と称する者が存在する。彼らは、自らの体を特定の地に留めたまま、精神のみを遠隔地に送ることができると主張する。もし彼らの言うことが事実だとするならば、それは彼らが普通とは異なる体質を備えているからである。その体質は「生活ある実体」に根差している。たとえばアメリカには、人間の生霊が現れてさまざまな現象を引き起こすという「怪談」がある。見えない手が音楽を奏でたり、多様な音響を出したり、紙の上に文字を記したり、家具を移動させたり、突然手が現れたり、見えざるものが触れたりする現象である。これらもまた「一種の特性を有したる生活実体」のなせる業である。……

彼が怪異の原因と定めている「生活ある実体の力」とは、特殊な体質を持つ人間に内在する、ある種のエネルギーのことと思われる。このエネルギーを内包しているがゆえに、「魔術師」は超自然現象の体現者となり得る。原作が発表された一八五九年、欧州では、まさにそのモデルにふさわしい人物が活動していた。一八五五年に初訪英後、欧州全土を訪問、各地で開催した交霊会において多種多様な超常現象を披露し、多くの人々を魅了したダニエル・ダングラス・ホームである。リットンもまた、彼に魅入られたひとりだった。「余」が具体例として示している数々の超自然現象は、ホームが交霊会で示した現象とほぼ重なる。「余」の念頭にあるこのような魔術師のイメージを踏まえれば、怪異を引き起こしているのは生者ということになるだろう。

幽霊屋敷で一晩を過ごした「余」は屋敷の主人と面談し、あらためて自説を主張している。彼は言う。「彼の怪事の出で来たる原因《もと》を捜索《たずむ》れば人間の中に一種天より受得たる通力あるものあって斯る怪事を人の目の前に顕わし幽霊と云えるものの一種別段にあるにあらずと思わる」。さらに彼は、熟睡中に友人が投げかけた複数の質問に対して全て正解を答えたという自らの体験を披露して「此《こ》は天然自然生れながら受得たる一種の通力」であると述べ、これこそがメスメリズムであると言う。ただしメスメリズムには、家具を移動させるといった物理的な介入はできない。それが可能なのは、古から「マジック」と呼ばれてきた一種の通力である。それはメスメリズムに似ているが、その力はメスメリズムにはるかに優り「生活なき物体にまで及ぶ」。マジックは「一種特別人間実態に天然固有したる稀有の力」であり、たとえその人物の肉体が滅んだとしても、その力は常に働き、生きていた時の容貌を現わし、現代にまでそれを見せると聞き伝えている、と。

「余」はマジック＝魔術をメスメリズムの延長上の能力と捉え、さらにメスメリズムの上位互換的な力として意味づける。メスメリズムが人間の精神に作用する力であるとすれば、マジックは物質にまで影響を与える。ただしその力の源はメスメリズムと同様、特定の生者に生来的に付与された特異な能力にもとづくと言うのである。

このような彼の主張を証明するかのように、物語においては幽霊屋敷の隠し部屋から「黄金色に彩色したる人像の油絵」が発見される。そこに描かれている人物は、人間に大蛇を混ぜたかのような表情で、その長大な眼は長く見るに堪えないほど恐ろしく、戦慄を禁じ得ない。まさに人ならざる能力を備えた「魔術師」のイメージにふさわしい外見である。さらに同じ部屋から特殊な装置が発見され、油絵に描かれた人物がこの装置を媒介に遠隔操作をおこない、この屋敷に居住した者はすべて、生者と死者とを問わず、屋敷内に留めていたことが判明する。かくして物語は、メスメリズムに相似た「マジック」の力の凄まじさを暗示して幕を閉じる。

三　明治の「魔術」と『龍動鬼談』

『龍動鬼談』における魔術師は、何よりもまず特殊な体質の持ち主である。彼らはその体質によって、内在する精神の力を最大限に活用することができる。その能力のひとつが、精神だけを遠隔地に飛ばしてそこで起きている事柄を認知するものである。ただし、こうした能力は精神レヴェルにとどまるもので、ここではその能力を「メスメリズム」と呼んでいる。それに比べ、古代から語られてきた「マジック」は、精神のみならず物質にまでその影響を及ぼす。しかし

「マジック」もまた個人の体質に根差したものであり、いわゆるオカルトとは異なる。

こうした『龍動鬼談』の魔術に関する説明から窺えるのは、魔術を手品の一種として斥けるのではなく、かといって未知の超常的な力として意味づけるのでもなく、近い将来に説明可能な現象として捉える科学的な眼差しである。その意味では、本書の序文における「この世界には人智の及ばないことがあることを、我々は知るべきである」という不鳴の主張は、「余」の見解とは異なる。魔術は人間の手に届かない不可知の事柄ではなく、科学的な考察の対象になり得るのだから。

「余」の思考は、先に示したとおり、同時代において心霊学が主張した認識フレームに沿うものである。超常現象に対する科学的な姿勢は、やがて日本にも紹介されはじめる。たとえば「不思議の研究」（一八八七年［明治二〇］四月一九日、めざまし新聞）は、「英国にて精神学上不思議なる事を研究する為め設け」られたSPRの著作として『生者の幻像』（一八八六年）を挙げ、「人の精神五官の働きを仮らず近く或は遠くの人の精神に働き得ることを証拠立《たて》る為めに多くの事実を集め」た書物と紹介する。この記事のなかには、催眠術によって夢のなかで遠隔地の様子を見た事例も示されている。

「不思議の研究」と同時期の一八八七年（明治二〇）前後には、日本では「こっくりさん」が大流行していた。この「こっくりさん」とは、アメリカからもたらされたテーブルターニングの、日本における改良版である。同時代のこっくりさんの流行に言及した凌空野人編『西洋奇術　狐狗狸怪談』（一八八七年、イーグル書房小説部）は、こっくりさんを「人身電気」の作用にもとづく、催眠術に類似した現象と解説している。また、催眠術はメスメリズム、もしくはスピリチュアリズムと呼ばれ、イギリスなどでは一種の奇術として見世物になっているが、もともとは学問的なもので、医学上必要とされているものであると言う。催眠術、メスメリズム、スピリチュアリズムを同義語として捉える『西洋奇術　狐狗狸怪談』の記述からは、一九世紀後半の欧米における「心霊」認識の様相を垣間見ることができるだろう。(13)『龍動鬼談』の魔術の説明は、こうした事例に先行するものである。

また一八八七年は、日本における第一次催眠術ブームとも重なる。この時期の代表的な催眠術書として知られる近藤嘉三『心理応用　魔術と催眠術』（一八九二年［明治二五］、顗才新誌社出版部）は、魔術を次のように定義している。「魔術とは精神作用即ち心性の感通力に因て人及諸動物の心身を左右し或は物質の変換を試みるの方術を云う」。彼の魔術の定義は、『龍動鬼談』における「余」の主張にきわめて近い。ちなみに近藤は「魔」を「事物の虚に応じて侵襲竄入する一種の霊気」であると説明しているが、この「魔」のイメージは、あるいは「余」の言う「生活ある実体の力」と重なるかもしれない。(14)

以降、明治の新興メディアたる新聞紙上では、催眠術を扱った連載小説が次々に登場している。黒岩涙香訳「銀行奇談　魔術の賊」（一八八九年一月一六日―二月一六日、絵入自由新聞）を嚆矢として、快楽亭ブラック講演、今村次郎速記「切なる罪」（一八九一年五月八日―六月二一日、やまと新聞）、ノリス著、黒岩涙香訳「露国人」（一八九七年九月一日―一二月三一日、万朝報）、ガイ・ブースビー著、水田南陽訳「魔法医者」（一八九九年五月一五日―七月一〇日、中央新聞）などだが、(15)これらの小説は、魔術と催眠術との関係を強く印象づけた。この流れが、大正期の谷崎「魔術師」や芥川「魔術」に繋がっていく。

明治中期に発生したこっくりさん、催眠術のブームと、遅れて日本に移入された心霊学の知識が複数の文脈を形成し、精神世界の新たな認識地図が編成されていったことを思えば、『龍動鬼談』の先進性は明らかだろう。現代の魔術のイメージとは異なる『龍動鬼談』の魔術をめぐる言説は、一九世紀末の欧米世界に生じていた「精神」をめぐるドラマと、それを受容するための日本における取り組みを想起させ、すこぶる興味深い。

【註】

（1）堀江宗正「サブカルチャーの魔術師たち――宗教学的知識の消費と共有」、同『ポップ・スピリチュアリティ――メディア化された宗教性』所収、岩波書店、二〇一九年。

（2）詳しくは、一柳『催眠術の日本近代』（青弓社、一九九七年）参照。

（3）金井公平「ブルワー・リットン卿：「幽霊屋敷」の背景」『明治大学教養論集』二八二（一九九六年）
（4）小泉八雲「文学における超自然的なるもの」、池田雅之訳『さまよえる魂のうた　小泉八雲コレクション』所収、ちくま文庫（二〇〇四年）
（5）（2）と同。
（6）H・P・ラヴクラフト「文学と超自然的恐怖」、植松靖夫訳、東雅夫編『世界幻想文学大全　幻想文学入門』所収、ちくま文庫（二〇一二年）
（7）野口哲也「井上勤の初期翻訳への一視覚――『龍動鬼談』論」『国文学論考』五〇（都留文科大学、二〇一四年）
（8）風間賢二「小猿がこわい――英国幽霊譚と科学思想」『幻想文学』三七（幻想文学出版局、一九九三年）
（9）平井呈一「私の履歴書」、同『真夜中の檻』所収、創元推理文庫（二〇〇〇年）
（10）三浦正雄「井上勤訳『龍動鬼談』考――功利主義と合理主義への反措定――日本近現代怪談文学史2」『近代文学研究』二六（日本文学協会近代部会、二〇〇九年）
（11）『龍動鬼談』の本文引用は『明治文学全集』第7巻（筑摩書房、一九七二年）に拠り、適宜現代語表記に改めた。
（12）ジャネット・オッペンハイム『英国心霊主義の抬頭――ヴィクトリア・エドワード朝時代の社会精神史』和田芳久訳、工作舎（一九九二年）
（13）この点について詳しくは、一柳『〈こっくりさん〉と〈千里眼〉増補版　日本近代と心霊学』（二〇二一年、青弓社）参照。
（14）近藤嘉三『心理応用　魔術と催眠術』について、詳しくは一柳「魔術は催眠術にあらず――近藤嘉三『魔術と催眠術』の言説戦略」（江川純一・久保田浩編『宗教史学論叢19「呪術」の呪縛』上巻所収、二〇一五年、ＬＩＴＯＮ）、栗田英彦「明治二十年代の神道改革と催眠術・心霊研究――近藤嘉三の魔術論を中心に」（伊藤聡・斎藤英喜編『アジア遊学２８１　神道の近代　アクチュアリティを問う』所収、二〇二三年、勉誠出版）参照。
（15）伊藤秀雄『明治の探偵小説』、一九八六年、晶文社

第六章

三島由紀夫の超常論理
――『美しい星』における円盤学と占星学――

梶尾 文武

一　鏡花と百閒

三島由紀夫における魔的なもの、超常的なものへの関心は、それらを表現する言葉への関心と分かちがたく結びついている。こうした関心を同じくする先駆者として三島が尊崇の念を隠さなかった作家が、泉鏡花と内田百閒である。

三島は晩年、みずからの批評の仕事の柱のひとつとして、『作家論』（中央公論社、一九七〇年一〇月）を上梓した。本書に収められる評論の過半は、『日本の文学』（全八〇巻、中央公論社、一九六四年二月～一九七〇年一〇月）に三島が選んだ作品のための解説として書かれたものである。なかでも鏡花論と百閒論は、三島自身の超自然への関心のありかたを物語って興味深い。

鏡花に寄せた解説（『日本の文学4』一九六九年一月）を見よう。「さるにても鏡花は天才だった」と断言するこの一文では、三島は、上田秋成以来の近世的な怪奇小説の伝統と、尾崎紅葉ゆずりの近代的な写実小説の骨法とを引き継ぐ鏡花が、「夢や超現実の言語的体験という稀有な世界」へ踏み入ることのできた所以を探る。「鏡花はいつも浪曼的個我を頑なに保ち、彼の自我の奥底にひそむドラマだけしか追求しなかった」と論じた三島は、そのような態度が可能であった根本的な要因として、この作家が「言葉と幽霊とを同じように心から信じた」ことを挙げる。鏡花にとって、超自然的なもの、霊的なものの存在は疑いようがなく、同時に言葉が読者をそうした天外境に誘う「言霊」であることも疑われない。そのように理解する三島は、鏡花の浮世離れした創作態度を、半ば驚きをもって受け止めていた。

一方、百閒に寄せた解説（『日本の文学34』一九七〇年六月）では、三島は「お化けや幽霊を実際信じていたらしくて、文章の呪術的な力でそれらの影像を喚起することのできた泉鏡花のような作家と、百閒は同じ鬼気を描いても対蹠的な場所にいる」と書いた。百閒は、三島の見立てによれば、鏡花のようにお化けや幽霊をそのまま信じたりはしていない。鏡花は超自然の存在を信ずるがゆえに「豊富な言葉の想像力に思うさま身を委ね」ることができたが、百閒の場合、「信ずべき素材は言葉だけであり」、鬼気は「緻密きわまる計算と、名人の碁のような無駄のない的確きわまる言葉の置き方」によってはじめて醸し出されてくる。百閒の言葉は「超現実超自然を喚起する力の重さ」を備えているが、三島に言わせれば、それは「現実喚起の力の重さ」と等価なのである。
泉鏡花と内田百閒をこのように比較する三島の解釈には、超常的なものと小説言語との関係についての、この小説家自身の内省が投影されていよう。三島はかつて降霊術に関心を寄せ、一九五八年秋には杉村春子・芥川比呂志・松浦竹夫・山村正夫・江戸川乱歩と「狐狗狸《こっくり》の夕べ」を催したこともあった（写真1）。その際に開催された座談会（『宝石』一九五八年一〇月）では、三島は乱歩らに向かって次のように発言している。[1]

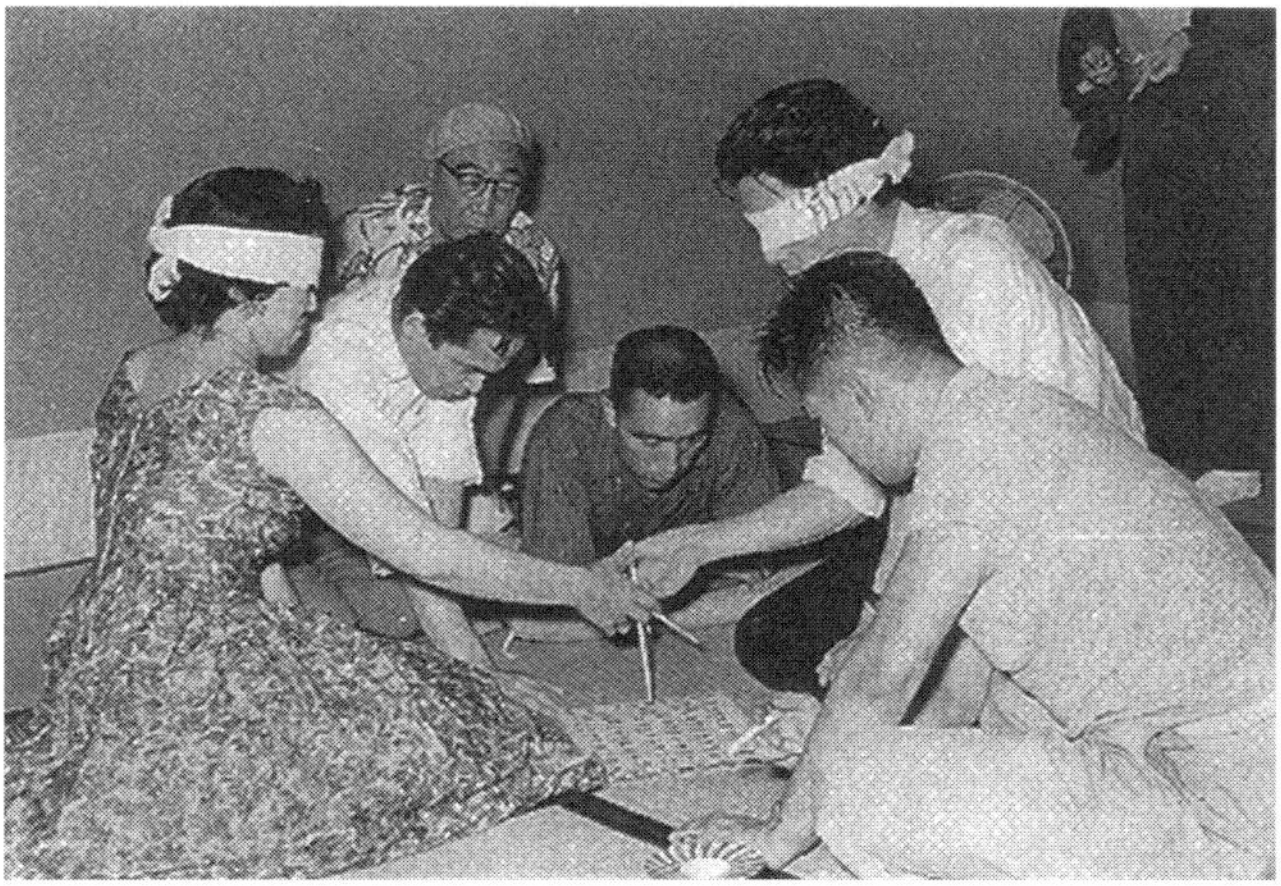

図1　「狐狗狸の夕べ」の模様（『宝石』1958 年 10 月）。中央が三島。後方に江戸川乱歩、左は杉村春子。

三島　空飛ぶ円盤信じますか。
江戸川　ぼくは確証をうるまで信じない方です。心霊現象なんかでもおなじですね。
三島　ぼくは絶対に信じる。
芥川　この間「朝日ジュニア」からアンケートが来たけれども、人工衛星がまわっている世の中だから、空飛ぶ円盤だってありそうな気がする。
江戸川　そういう比論では信じられない。現実に確かめなくては。
三島　ぼくは頭から信じちゃう。そして、ぼくはお化けはきっといると思うの。（笑）
山村　心霊実験も信じますか。
三島　信じますね。

右の三島の発言から窺えるのは、鏡花の系譜にみずからを定位す

図2　1957年6月8日、日活ホテル（日比谷）での観測会の模様（『図書新聞』1958年7月19日）。『図書新聞』のキャプションには「32年9月14日羽田での観測会」とあるが、この情報は訂正されている。

ることへの意志であり、そのことの矜持であろう。お化けの存在を「頭から信じちゃう」ことができるならば、あとは求められるのはそれらの影像を喚起する「文章の呪術的な力」であるだろう。実際、敗戦前後に著された「中世」（『人間』一九四六年一二月）から六〇年代の「英霊の声」（『文藝』一九六六年六月）に至るまでのいくつかの作品では、呪術的文体の下で降霊のモティーフが現れてくる。

しかしここでは、三島が「お化け」や「心霊現象」と「空飛ぶ円盤」とを、その実在性を信ずべきものとして同列に語っていることに注目したい。一九五五年七月、荒井欣一を中心にJFSA（日本空飛ぶ円盤研究会）が結成されると、翌五六年、三島はこの円盤研究《ユーフォロジー》の組織に入会した。その前後に柴野拓美や星新一といった草創期和製SFの牽引者、黛敏郎や石原慎太郎のような文化人、円盤研究に情熱を注いだ北村小松や平野威馬雄らも参加した研究会である。三島は同会の機関誌『宇宙機』（13号、一九五七年七月）に「現代生活の詩」と題する小文を寄せ、「もともと科学的素養のない私ですから、空飛ぶ円盤の実在か否かのむずかしい議論よりも、現代生活の詩として理解します」と記している。

さらに三島は、同会が開催する円盤観測会に北村小松らとともに参加した。一九五七年六月の観測会の際の写真（写真2）は、『宇宙機』（13号）から『図書新聞』（一九五八年七月一九日）に、さらには平野威馬雄『それでも円盤は飛ぶ！――日本における空飛ぶ円盤』（高文社、一九六〇年五月）に転載され、三島の円盤熱は一部の読者にも知られるところとなった。双眼鏡で夜空を覗く三島の願いは、宇宙人と接触することよりも、あくまでも円盤を見ることにあったらしい。

エッセイ「社会料理三島亭　宇宙食「空飛ぶ円盤」」（『婦人倶楽部』一九六〇年九月）では、六〇年五月二三日早朝、北村小松から円盤飛来の情報提供を得た三島が、妻とともに自宅屋上で葉巻型の円盤らしきものを目撃した体験について記すが、日ましに「自分で見たのものが信じられなくなって」いったとも述べている。

『美しい星』（『新潮』一九六二年一月～一〇月→新潮社、六二年一〇月）は、こうした円盤熱が冷めた頃に書かれた長篇小説である。本作のための紹介文「「空飛ぶ円盤」の観測に失敗して――私の本「美しい星」」（『読売新聞』一九六四年一月一九日）では、三島は次のように記している。

この小説を書く前、数年間、私は「空飛ぶ円盤」に熱中していた。北村小松氏と二人で、自宅の屋上で、夏の真夜中、円盤観測を試みたことも一再にとどまらない。しかし、どんなに努力しても、円盤は現われない。少なくとも私の目には現われない。そこで私は、翻然悟るところがあり「空飛ぶ円盤」とは、一個の芸術上の観念にちがいないと信じるようになったのである。

そう信じたときは、この主題は小説化されるべきものとして、私の目前にあった。

もしそれが現実に存在せず、その実在を信じえないのであれば、求められるのはあの百閒のように言葉を信じ、ただ言葉だけで「超現実超自然を喚起する」ことであるだろう。『美しい星』に登場する竹宮という人物は、「何かが存在しないなら、それが存在すべきなのだ」と語るが、それを存在させるには言葉をもってするよりほかない。とすれば、本作の言葉は空飛ぶ円盤をいかにして小説世界に存在せしめるのだろうか。『美しい星』を読み直すことを通じて、超常的なものと小説言語との関係についての三島の省察のありかたを明らかにしたい。

二　見ることの物語

『美しい星』は冷戦時代の核終末論を背景とする作品である。埼玉県飯能市に暮らす五二歳の有閑紳士・大杉重一郎は、「冷戦と世界不安、まやかしの平和主義、すばらしい速度で愚昧と偸安への坂道を辷り落ちてゆく人々、にせものの経済的繁栄、狂ほしい享楽慾、世界政治の指導者たちの女のやうな虚栄心……かういふものすべて」に苦しめられていた。「すべてはおそろしいほどばらばら」になってしまったことの苦痛のなかで、一九六〇年夏のある日の深夜、空飛ぶ円盤に遭遇する。

それは薄緑の楕円に見え、微動だにしなかつたが、見てゐるうちに片端からだんだんに橙いろに変つた。それがものの四五秒のうちだつたと思はれる。急に円盤は激しく震へをののき、まつたく橙いろに変り切つたと思ふと、非常な速度で、東南の空へ、ほぼ四十五度の角度で一直線に飛び去つた。はじめ満月ほどの大きさに見えてゐたそれは、忽ち米粒大になり、つひに夜空に融け入つた。

（『美しい星』第一章）

これに「重一郎は感動して、夏草のあひだに坐つてしまつた」と、主人公に焦点化した一文が続く。しかし別のところでも論じたように[2]、円盤の出現を描く右の叙述からは、それを見たという重一郎の存在が除外されている点が興味深い。円盤の影像は、重一郎にそのように見えたという仕方ではなく、あたかも事実としてそれが出現したかのような描写のもとに喚起される。主人公自身の主観を超えているかのように装うこうした言葉の置き方が、円盤の出現という事件にまことらしさを添えている。

しかし、事は主人公がＵＦＯを見たというだけでは終らない。この遭遇体験は、それまで「粉々に打ち砕かれた世界の幻影に悩まされてゐた」という重一郎にとって、「澄明な諧和と統一感」を恢復する契機となる。ＵＦＯを見たという体験は、それが円形状の物体であることと対応して、自己の全円性を恢復させるのである。

重一郎がそれに目を通したかは定かでないが、一九五八年には、ある著名な心理学者がＵＦＯ現象に関する書物をものしていた。Ｃ・Ｇ・ユングである。ユングは心理学的「元型」を論じるなかで、マンダラに代表されるような「閉じた円」のイメージが「混乱した精神状態を癒す古来からの妙薬」であることを指摘し、ある病める修道士の症例を紹介している。この修道士は長いあいだ孤独のうちにあったが、あるとき「輪」の幻像を見たおかげで「元型的なイメージの致命的な襲来を取り込みながら、しかしそのために彼自身が崩壊してしまうことから免れることができた」という。この症例が示すように、ユングによれば、輪、円、球とは、意識を超越した全体性としての「自己」を表現するシンボルにほかならない[3]。

晩年の『空飛ぶ円盤』では、ユングはこうした元型論の観点から冷戦期におけるＵＦＯ現象に注目し、その流行が「全世界がソ連の政治圧力の下にあって、その予想もつかない成行きにおびえている今日の状況」に起因すると指摘した[4]。すなわちユングによれば、冷戦下の分裂した世界情勢が強いる情動的な緊張は「自己」の全体性を毀損するがゆえに、人はそれを取り戻すべく空飛ぶ円盤を幻視する。本書に関する四方田犬彦の解説を借りれば、「水素爆弾の脅威、怒涛のごとき人口増加等の生態学的緊張」に現代人がさらされるなかで、「ＵＦＯのもつ円環性、球状性は、以上の心的混乱状態に均衡を回復させ、無意識と意識の対立を結合させることで心的全体性を獲得するために機能する」というのである[5]。

なお、四方田のこの小論を掲載する『地球ロマン』２号（絃映社、一九七六年一〇月）は、戦後日本の円盤研究史を知るうえで不可欠な情報を提供しており、『美しい星』に関しても最重要文献たりえている。編集部による巻頭言「天空を駆ける」には、「空中を飛行する未確認の物体の存在の可能性は、それを幻視することにより、再びこの地上に魔術的な風景を現出させた。まるくて光り輝く物体の到来は、この地球が未だ「天空」の中心たることを示している。嘗て三島由紀夫が「美しい星」と名づけた円盤は、実はこの地球そのものを指していることは言うまでもないことである」との文言が読まれる。本誌の編集人は、伊藤裕夫と武田洋一（崇元）の二人である[6]。両者および四方田は、東大駒場で由良君美に学んだいわゆる「由良ゼミ」の出身者である。

閑話休題。種村季弘は一九六八年に著した評論において、「おそらく三島由紀夫の『美しい星』の翻訳発表が数年早かったら、かならずやユンク《ママ》の俎上に上つていたにちがいない」と反実仮想し、ユングの所説を紹介した上で、「『美しい星』の作中人物にとっても、空飛ぶ円盤は、精神の全一性、宇宙的諧和の象徴であり、不安の彼方にある至福の来迎である」と述べている。(7) 執筆時に三島がユングを実際に参照した形跡は認められないが、本作がユング的「元型」の問題、すなわち円形というシンボルが現代人の集合的無意識にいかに根を下ろしているかという問題に触れていることは疑いえない。

大杉一家にとって、円盤を見たという体験は、彼ら自身が自己の全体性を回復する契機となる福音であった。三島作品においてはしばしばこのように、何ごとかを見るという体験が、たんに見ることの喜悦や戦慄にとどまらず、それを見た存在のアイデンティティを構成する条件として措定される。自分が生れた時の産湯の盥の光を見たという『仮面の告白』の「私」から、転生の物語の確証を求めて青年たちの肉体に黒子を見出すことに憑かれた『豊饒の海』の本多繁邦に至るまで、三島の物語は「見ること」と不可分であるとさえ言ってよい。それら見ることの物語は、登場人物の存在理由を賭けることによって、彼が見たというそれが真実であることを担保しようとするのである。

三　円盤研究の展開

しかし『美しい星』の場合、事は主人公が自己の全体性を回復したというだけでは終らない。ＵＦＯを見たおかげで取り戻された『美しい星』の主人公の存在理由は、人間ではなく「火星人」であることに見出される。それまでの無能感から一転、万能感を得た彼は、自分自身のことを「先程の円盤に乗つて、火星からこの地球の危機を救ふために派遣された者なのだ」と確信するのである。

常識に照らせば、これは誤った同一化であろう。だが本作の物語は、そのような常識を突っぱねるようにして進んでゆく。自己を宇宙人として聖別する円盤目撃の体験は主人公ひとりにとどまらず、家族のなかで共有される。それぞれ円盤を目撃した結果、息子の一雄は水星、妻の伊余子は木星、娘の暁子は金星にみずからの故郷を見出す。こうして円盤に遭遇した大杉家の四人は、各々が太陽系の惑星から到来した宇宙人であるという自覚に目覚める。宇宙人たる者は、人間を地球滅亡の危機から救い出すメシアたらねばならないという自覚に目覚めるのである。

大杉重一郎は円盤に関する本を渉猟している。最初に読んだのは『円盤の故郷』という書物だったという。作中には、この書物に即して「マンテル事件」の詳細が記されている。一九四八年一月、アメリカ空軍の大尉トマス・F・マンテルが、上昇してゆく円盤を追跡して墜落死したという事件である。この書物はロンドンでの出版物とされるが、逐語的な引用が行なわれている箇所を一部含むことからして、実際に参照されているのはフランス人記者のエメ・ミシェルによる『空飛ぶ円盤は実在する』(田辺貞之助訳、高文社、一九五六年六月)であろう。その他にも重一郎は、ケネス・アーノルド、ドナルド・キーホー、ウィリアム・ファーガスンらの「円盤研究に欠かすことのできない書物」を読み漁る。これらの円盤関連書を日本に紹介したのは、専らJFSAやCBA(宇宙友好協会、一九五七年八月結成)といった円盤研究会の貢献であった。マンテルやアーノルド、キーホーといった名は、草創期の日本円盤研究を牽引した、JFSAの『宇宙機』やCBAの『空飛ぶ円盤ダイジェスト』といったジャーナルの読者にはお馴染みのものである。

『美しい星』からは、三島がこうした円盤研究会の動向に通じていたことが窺われる。たとえば重一郎は、ケネディとの和解を促す手紙を暁子に英訳させてフルシチョフに送り、「宇宙友朋会」なる団体を組織して平和運動に邁進してゆく。事実、三島が参加したJFSAは一九五七年一〇月、その他の円盤研究組織と連名で「宇宙平和宣言」なるマニフェストを発していた。核兵器が人類の生存に及ぼす危機への懸念と、人類文明が宇宙人と交渉することへの期待を表明するこの一文は、次のように締めくくられる。「われわれ空飛ぶ円盤の研究者は、この世紀の謎の解明に全力を挙げることを通じて、全人類に広大なる宇宙の実相に目を向けさせ、より大いなる人類意識に目覚めさせて、世界の平和を宣言し、さらには人類文明の一大転機に対処しつゝ、宇宙全体の平和確立に向って邁進するものであることを、こゝに宣言する」(8)。

この宣言は荒井欣一の主導下で発せられたと見られるものだが、世界ひいては宇宙全体の平和の確立をみずからの使命として説く点で、『美しい星』の大杉重一郎が説くところと概ね一致していよう。さらに翌一一月、ＪＦＳＡは、ソ連が企てていると噂された月面水爆実験の中止を訴える要望書を駐日ソ連大使に送っている。(9)こうした経緯を踏まえ、荒井は『美しい星』について、「この小説の一部は荒井をディフォルメしたものといわれている」と、矜持をもってみずから言及している。(10)

だが、本作が呈示するＵＦＯと宇宙人に関する理解は、ＪＦＳＡよりもＣＢＡで共有されていたそれに近い。作家の中園典明は、「コンタクト派の間では、太陽系のあらゆる惑星に人が住んでるのが常識だ。三島はそういう円盤界の現状を踏まえて書いている」と指摘し、この点で本作が「ＣＢＡをモデルにしている」と指摘する。(11)ここでいう「コンタクト派」とは、宇宙人との会見体験を語ったアメリカのＵＦＯ研究家ジョージ・アダムスキーを奉じる研究家一派を指す。アダムスキーとイギリスの考古学者デイモンド・レスリーとの共著『空飛ぶ円盤実見記』（高橋豊訳、高文社、一九五四年八月）は、ＪＦＳＡをはじめとした円盤研究会発足の契機となった一冊である。松村雄亮・久保田八郎らＣＢＡの中心メンバーは、アダムスキーの信奉者であり、コンタクト説には必ずしも与しない荒井欣一らとは対立関係にあった。『美しい星』には、「父のテレパシーによる交信は、深夜人知れず行はれたが、方法のあやまりか、能力の不足か、家族たちには知る由もなかつた」という叙述も読まれる。円盤を再観測しようとしている重一郎は、のみならず同類たる宇宙人との交信をも試みており、この点にコンタクト派的なふるまいが認められよう。

また、ＣＢＡが他の研究会と比べて突出した存在であったのは、ひとつには彼らの円盤学《ユーフォロジー》が独自の終末論を構築していたからである。一九六〇年一〇月発行の小冊子「ＣＢＡの歩み」（『地球ロマン』２号に抄録、以下同誌より引用）によれば、松村雄亮は五九年七月、宇宙空間に浮かぶ母船で三人の宇宙人と面会し、地球の大変動が近い将来に迫っていること、宇宙人によって結成された遊星連合には地球人救済の用意があることを教えられた。この件をＣＢＡの会員に報告すると、連日討議が重ねられたという。

こうしたＣＢＡの動向をマスコミに漏らしたのが、作家の平野威馬雄である。ＪＦＳＡとＣＢＡの双方に加わり、後者については懐疑的な立場をとった平野は、『それでも円盤は飛ぶ！』（前掲）といった著作や、グレイ・バーカー『空飛ぶ円盤ミステリー――3人の黒衣の男』（高文社、一九六〇年九月）の翻訳で知られる。平野は『産経新聞』（一九六〇年一月二九日）の「話題パトロール」欄に談話を寄せ、CBAの松村が三人の宇宙人から「地球の大変動」の情報を得たことのみならず、その大変動が地軸の傾きによって生ずるものであるという内容をそこに脚色して伝えた。「地軸の傾き」が原因となって地球が滅亡するという説は、あながち平野のでっち上げではなく、松村雄亮の訳書であるレイ・スタンフォード『宇宙シリーズ4　地軸は傾く?――宇宙人から地球人への指針』（宇宙友好協会、一九五九年八月）によって、CBA内部では信憑を得ていた。

小冊子「CBAの歩み」が糾弾の意を込めて右の経緯を伝えるように、平野が誤情報を含んだリークを行なったのを機に、マスコミは松村雄亮の動向をさかんに報じはじめた。『週刊サンケイ』（一九六〇年四月一一日）は、松村が宇宙の悪い星からきた「ブラックメン三人組」に道玄坂で襲われ、作家の北村小松宅の納屋に身をかくしたという事件を伝えている。「CBAの歩み」によれば、この報道も全くの虚偽であるが、円盤について知りすぎた人間が「ブラックメン三人組」によって攻撃され、情報の口外を妨害されるという話は、円盤研究家の間では常識に属する。その報告は、平野訳『空飛ぶ円盤ミステリー――3人の黒衣の男』をもって嚆矢とする。

『美しい星』には、平和運動を展開する大杉重一郎と敵対し、地球の滅亡をむしろ積極的に促すべきと主張する宇宙人勢力として、仙台の大学の万年助教授をはじめ三人の男が登場する。白鳥座六十一番星あたりからやってきたというこの敵対者が三人組であるのは、堂本昭彦が指摘するとおり、「3人の黒衣の男」からヒントを得た設定であろう[12]。三人組のリーダーは、その名を羽黒真澄という。大杉家に乗り込んできた羽黒一党は、重一郎に平和運動の放棄を迫り、両者は地球の処遇をめぐって大論争を戦わせる。両者が対峙する応接間のテーブルは、宇宙人同士の対面の舞台に相応しく、「法隆寺の星曼荼羅を模した古くさい織物の卓布」に覆われている。『美しい星』はこのように、UFO現象を想起させるイメージや言説を、作品の細部にわたって投影しているのである。

後日談をひとつ取り上げておこう。三島の没後、霊能力者の太田千寿は『三島由紀夫の霊界からの大予言』（日本文芸社、一九八四年一一月）を皮切りに、三島が霊界からもたらしたという言葉をさかんに伝えた。もともとは平凡な主婦だった太田は、『豊饒の海』の主人公たちと同じく脇腹に三つの黒子ができたときから、自身が三島の妹美津子の生れ変りであることを確信し、霊能力に目覚めたという[13]。

右の書籍で紹介された、太田が三島との通信によって得たという霊言は、大杉重一郎の言葉と多くが重なる。太田は「肉体も霊魂も滅ぼしてしまう核兵器の発明は、人類の犯した神への最大の冒瀆です。美しい星、地球――。それを破壊したのはお前ら人間だ、と三島氏は激しく怒るのです」と語り、「UFOが地球にくる目的は、地球を破壊しようとか支配しようとかいう攻撃的意図ではなく、地球が再生不可能なほど汚れてしまわないように、他の星として浄化の手伝いができないか、と思ってきているのだ」という三島の霊言を伝えている。さらに霊界の三島が警告するところによれば、一九九九年には地球の終末と大破局がやってくる、と太田は言う。核による地球破壊という人間の愚行を吹き飛ばすような決定的な破局をもたらすのは、例のごとく、地軸の傾き(ポールシフト)だとされる。ポールシフトが地球を破滅させると、「善い因子は他の星に移され、再生した汚れない地球にもどってくる」と三島は霊界から太田に預言した。『美しい星』のコンテクストを構成した一九六〇年前後の円盤学《ユーフォロジー》の言説が、八〇年代には三島自身の霊言をかたるオカルティズム的言説において再生されたことが確認されよう。

四　占星学の論理

一家のうち長女暁子はその名の通り、金星を故郷と思いなす。三島が愛読した天文民俗学者の野尻抱影によれば、金星は「愛の女神の星」であり、「古代バビロニヤ・アッシリヤでは天の女王、また愛の女神として崇められ、ギリシヤでは同じく美と愛の女神アフロディテー、それを伝えたローマではウェーヌスで、英名ヴィーナスはこれから来ている」という[14]。

暁子は、「宇宙友朋会」の通信を読んだ竹宮薫という男から連絡を受け、文通を始める。竹宮もまた円盤の目撃者であり、みずからを金星人だと確信していたという。彼に会うべく実際に金沢の地に赴いた暁子は、二人で内灘の砂丘に赴き、恍惚のうちに円盤を目撃する。ところが飯能に戻ってきた暁子は妊娠し、重一郎が改めて金沢の地で竹宮の身元を調べると、すでに姿をくらましていたこの色男は、女たらしのヒモでしかなかったことが明らかになる。重一郎はそのことを黙っているが、暁子はそれとは関わりなく、この妊娠を「処女懐胎」だと確信する。この設定から想起されるのは、多産の象徴であるヴィーナスよりも、聖母マリアであろう。金星人たる暁子は、みずからをヴィーナスとマリア、美と神性を一身に兼ねたような聖女であると認識している。

大杉一家の荒唐無稽な自己認識を、作品は常識的な論理をもって処断するのではなく、むしろそれを超え出るような別の論理によって拡充してゆく。円盤研究《ユーフォロジー》の最前線の言説とともに、本作を支えるもうひとつの軸として導入されているのが、中世的な占星学《アストロロジー》の論理にほかならない。たとえば作中には次のような挿話が配されている。

それは科学的に正確な予見であつたが、世界中の占星学者の大問題になつてゐた。来る二月三日から五日にかけて、太陽、月、火星、金星、木星、土星、水星、および見えざる遊星ケトウの八天体が、黄道第十宮の磨羯宮に集まるが、水星を除くこれらの星が同様の配置になつたのは、実に四千九百七十四年ぶりのことだといふのである。
「インドあたりぢや、この日が世界の終りだとさわいでゐるらしいが」と重一郎は、冷静な直線的な口調で言つた。「われわれにとつては、忙しい一家が久しぶりに茶の間に顔を揃へた、といふだけのことぢやないかね。しかし、いづれにしろ久々のことだから、私はその日の一家団欒をたのしみにしてゐるんだが……」

(『美しい星』第四章)

ここで語られている一九六二年二月の出来事は、本作の作り話ではなく実話である。科学史家で占星術史研究の第一人者である中山茂によれば、「日月諸惑星が天の一ヵ所に集まる大会合の時に、地上に大洪水などの歴史的な大災害が起こる、という解釈は、かつての占星気象学上の最大の問題であった」。六二年、インドでは実際に「八つの惑星《ママ》が会合するときは、大天災が起こるとして、大変な社会不安」がまき起こった。全部で一二〇億から一五〇億円の金が精神

図表1

Planetes	Signes Zodiacaux	
☉ 太陽	♌ 獅子宮	
☽ 月		♋ 巨蟹宮
♄ 土星	♑ 磨羯宮	♒ 宝瓶宮
♃ 木星	♐ 人馬宮	♓ 双魚宮
♂ 火星	♏ 天蠍宮	♈ 白羊宮
♀ 金星	♎ 天秤宮	♉ 金牛宮
☿ 水星	♍ 処女宮	♊ 双子宮

図表2

的救済のために浪費され、経済が麻痺するなかで、ネルーは「アメリカとソヴェトが月を植民地化しようという御時世に、星に慈悲を乞うなどとはなにごとだ、と説いてまわった」という。[15]世界の終末をもたらすと噂される八天体の会合を、本作の主人公は、異星に出自をもつ一家の団欒と重ね合わせる。「黄道第十宮の磨羯宮」を大杉家の茶の間に見立てる彼の言葉を裏打ちしているのは、占星学的な知識である。

私見では、『美しい星』に導入された占星学の知識は、澁澤龍彥『黒魔術の手帖』(『宝石』一九六〇年八月~六一年一〇月→桃源社、六一年一〇月)にも負う。三島は西欧異端思想に関する澁澤の博識を信頼しており、『美しい星』の連載開始直前に上梓された本書については「殺し屋的ダンディズムの本」[16]と称賛していた。澁澤は、本書所収のエッセイ「カバラ的宇宙」において、正統キリスト教に対するヘブライの密教カバラを論じ、宇宙発展の見取図となる黄道十二宮(ゾディアック)のサインについて紹介している。占星術の場で用いられるホロスコープ(天宮図)の主たる構成要素は、この十二宮図である（図表1）。
澁澤がこの図式を読み解くところによれば、地球が太陽から生まれたのと同様、地球の子宮内で育まれた人類は、はじめ「処女宮」の時代には、快楽を知らぬ単性生殖により繁栄していた。だが「獅子宮」の時代、ひとは歩行を覚え、身を屈めて男性性器としての口にみずからの下半身の女性性器を接触させる快楽を発見する。続いて「巨蟹宮」に入ると媾合で結ばれた一組が誕生し、「双子宮」の時代には分離された男女両性が肉体と精神によって一つに結ばれるようになる。「これから先の展望は、いささか古風なユートピア物語のおもむきがある」と澁澤は述べるが、さらに「金牛宮」の時代に進むと、人間は再び両性具有者となり、肉欲は統一的で自己愛的なものへと高められる。最後に「白羊宮」時代が訪れ、欲望が完全に物質の支配を超えて、精神的な高い叡智に達すると、人間は最後の段階で地上を飛び去り、さらにすぐれた惑星に移るという。(17)
このようにカバラ的な宇宙観を紹介した澁澤は、詳しくは言及していないが、十二宮図の下に、それぞれに対応するいわゆるルーラー（守護惑星）を表示している（図表2）。これに従えば、火星は「白羊宮」のルーラーである。一家のなかでも重一郎が火星から飛来したとされるのは、彼が人間の最後の段階を知ること、終末思想の特権的な担い手であることに対応していよう。澁澤龍彥は「白羊宮」の時代について、次のように記述している。

この地球最後の白羊宮時代は、人類の最後の審判、人類死滅の日であって、いわば天国と地獄がここで待っているわけである。幸いにして他の惑星に飛び立つことができたひとは、選ばれたひとであり、それ以外の迷える魂は、もう一度、地球の上でか、あるいは他の一段と低い星の上でか、悲惨な進化の過程をのろのろと辿らなければならない。

『美しい星』は、天国と地獄の分岐点となるような最後の場面に、空飛ぶ円盤を呼び寄せている。羽黒一党との大論争ののち卒倒し、癌に罹っていることを知らされた重一郎は、病床で何者かの声を聴く。宇宙人とのコンタクトの成功を示唆するこの出来事に続いて、一家四人がその声に従って東生田の丘陵に赴くと、ついに彼らの前に円盤が出現する。

「来てゐるわ！　お父様、来てゐるわ！」

と暁子が突然叫んだ。

円丘の叢林に身を隠し、やや斜めに着陸してゐる銀灰色の円盤が、息づくやうに、緑いろに、又あざやかな橙いろに、かはるがはるその下辺の光りの色を変へてゐるのが眺められた。

（『美しい星』第十章）

家長が死に瀕するなかで、かくて初めて一家は揃って円盤と邂逅する。作品は右の叙述をもって終るが、「銀灰色の円盤」が現実に飛来してきたのだとすれば、一家はそれに搭乗し、地球の外へと飛翔していくのかもしれない。あるいは、この光景が所詮は一家の幻想にすぎないとすれば、重一郎はこの地上で死を迎え、暁子もこの地上に人間の子どもを産み落とすことになるだけなのかもしれない。彼らの前に出現した円盤は、現実に属するのか幻影に属するのか。彼らの行く先は天国なのか地獄なのか。大杉一家は「選ばれたひと」であるのか「迷える魂」にすぎないのか。作品はいずれであるとも確言してはいない。

だが現実であれ幻影であれ、一家の前に光輝く円盤がやって来たということ、このことだけは確実である。こうして三島由紀夫の小説言語は、現実世界にも幻想世界にも還元されないそれ固有の位相を開示する。この位相を支えているのは、円盤研究と占星学の超常論理である。あくまでも信念に基づくそれらの論理の前では、現実なのか幻想なのかという、それ自体が現実性や常識に基づく問いは意味を持たない。『美しい星』の三島は、彼自身がそれを信じられなかったとしても、信じることにのみ準ずるこれらの言説のそのような超常性を小説言語のうちに組み込んでいる。かくて本作は、現か幻かという判断を受けつけない超常的な出来事として、有無を言わせずただ言葉だけにより「銀灰色の円盤」を小説世界に喚起するのである。

【註】

(1) この座談会は、江戸川乱歩『怪談入門　乱歩怪異小品集』(東雅夫編、平凡社ライブラリー、二〇一六年七月)に再録されている。

(2) 拙稿「核時代の想像力――『美しい星』論」(『否定の文体　三島由紀夫と昭和批評』鼎書房、二〇一五年一二月)。

(3) C・G・ユング『元型論』(林道義訳、紀伊國屋書店、一九九九年五月)、三五―三八頁。

(4) C・G・ユング『空飛ぶ円盤』(松代洋一訳、ちくま学芸文庫、一九九三年五月)、二一頁。

(5) 四方田犬彦「解説　C・G・ユングとUFO現象」(『地球ロマン』2号、一九七六年一〇月)。この一文は、C・G・ユング「空飛ぶ円盤――空中に見える物体に関する現代の神話」(『地球ロマン』2号)に訳者である四方田が付した解説文である。なお、ここで四方田が訳出したのは、ユング『空飛ぶ円盤』(註4)のエピローグにあたる部分である。

(6)『地球ロマン』の動向については、武田崇元「インタビュー　願わくはこれを語りて平地人を戦慄せしめよ」(聞き手＝「子午線」編集部、『子午線――原理・形態・批評』5号、二〇一七年一月)に詳しい。

(7) 種村季弘「空飛ぶ円盤実見記――C・G・ユンクと三島由紀夫の証言をめぐって」(『南北』一九六八年一〇月)

(8) 荒井欣一『UFOこそわがロマン――荒井欣一自分史』(私家版、二〇〇〇年一一月)、七頁。

(9) 荒井欣一『UFOこそわがロマン――荒井欣一自分史』前掲、七頁。

(10) 荒井欣一『UFOこそわがロマン――荒井欣一自分史』前掲、三九頁。

(11) 堂本昭彦・団精二(荒俣宏)・中園典明「座談会　日本円盤運動の光と影」(『地球ロマン』2号、前掲)における中園の発言。

(12)「座談会　日本円盤運動の光と影」(前掲)における堂本の発言。

(13) 太田千寿のいわゆる「霊界通信」については、松下裕幸「三島由紀夫とオカルト言説――「二・二六」表象をめぐって」(茂木謙之介編『怪異とは誰か』二〇一六年一二月)を参照。

(14) 野尻抱影『星の神話・伝説』(白鳥社、一九四八年七月、二一〇―二一一頁)。なお三島のギリシア体験が語られる評論集『アポロの杯』(朝日新聞社、一九五二年一〇月)の表題は、本書に紹介されたコップ座をめぐる神話から採られている。『アポロの杯』の扉裏には、『星の神話・伝説』の記述（四〇―四一頁）を一部改変した文章が配されている。
（15）中山茂『占星術――その科学史上の位置』（紀伊國屋新書、一九六四年五月）。
（16）澁澤龍彦「文庫版あとがき」（『黒魔術の手帖』河出文庫、一九八三年一二月、二七六頁）。
（17）藤井貴志は、澁澤の「カバラ的宇宙」について、埴谷雄高と比較しつつ「反出生主義」の観点から検討を加えている（「〈単性生殖〉のユートピア――埴谷雄高と澁澤龍彦の〈反出生主義〉」『〈ポストヒューマン〉の文学――埴谷雄高・花田清輝・安部公房、そして澁澤龍彥』国書刊行会、二〇二三年二月、第9章）。

崩れ墜つ天地のまなか

——原民喜の幻視における魔術的現実——

清川 祥恵

わたしたちはよく悩む。焔は灰燼に帰す、と。
しかし、芸術においては、塵が焔となる。
——リルケ「魔術」[1]

はじめに

「魔術」という語と結びつく想念は、時代を経て変化を遂げてきた。細かい語義についての説明はここでは措くが、[2]ことに近代における「魔術」の用法については、芥川龍之介（一八九二〔明治二五〕～一九二七年〔昭和二〕）の童話「魔術」（一九一九年〔大正八〕）に一例を見いだすことができる。芥川は、印度の魔術師マテイラム・ミスラを、「永年印度の独立を計つて」いる「愛国者」であり、主人公にとっては「政治経済の問題」などを議論する相手として描いている。[3]この、浮世離れした存在とは対極におかれた魔術師の原型は、谷崎潤一郎（一八八六〔明治一九〕～一九六五年〔昭和四〇〕）の「ハッサン・カンの妖術」（一九一七年〔大正六〕）に求められ、この二作品の比較を通じて谷崎と芥川の近代観、東洋・西洋的なるものへの向き合い方の違いがこれまでにも検討されてきた。[4]日本の近代文学における魔術（妖術）はもれなく西洋社会の世俗化の影響を受けており、世界が「科学」を事物の新しい説明原理として採用していくなかで、日本においても、魔術は現実と単に「対置」されるものではなく、メタフィクショナルな視点から現実を扱う際の手がかりとなっていったといえる。

西洋近代において、魔術を前近代的なカテゴリに分類しようという動きは、マックス・ヴェーバーによる「脱魔術化」（Entzauberung）の概念としても知られ、キース・トマス『宗教と魔術の衰退』（*Religion and the Decline of Magic*、一九七一年〔昭和四六〕）でも精査された。宗教が世俗的統治システムの一部として整備されるにしたがって魔術は排除されていったが、実際に「衰退」といえるのかという点は議論の余地があるだろう。[5]近年は「再魔術化」

置づけの変化のなかを生き抜いてきたのである。

（Wiederzauberung）というダイナミズムも認められて久しい。近代文学における「魔術」は、そうしためまぐるしい位置づけの変化のなかを生き抜いてきたのである。

では、このような時代のうねりのなかで、詩人はどのように「現実」を見つめてきたのか。ロマンスや詩にかわって小説が台頭し、近代文学がリアリズムを志向するものとなり、フィクションがときに否定的なコノテーションをともなう語となっても、それによって物語が「虚構」として力を失ったわけではなかった。むしろ現実と魔術的幻想の閾が奈辺にあるのかという問い、またその二つは容易に行き来できること、あるいはそれらが時にいともたやすく反転してしまうことが、近代文学が直面してきたジレンマだと言えるのかもしれない。[6] とりわけ西洋的なメインストリームとは異なる位相では、「マジック・リアリズム」[7]の潮流が近年大きな流れをなしているように、それまでの「現実」を大きく凌駕・転覆するような世界的転回に詩人が直面したとき、それを言語の枠組みを用いて記録するには、魔術的な想像力の助けが必要となってくるのである。

そこで本章では、死と夢の世界を介して現実をみつめた詩人、原民喜（一九〇五〈明治三八〉～一九五一年〈昭和二六〉）を取りあげたい。原の幻視は被爆体験以前から特徴的にその創作世界を彩ってきたものではあったが、晩年に顕著となる、記憶と幻想を重ね合わせることで横溢する「いま」の光をとらえようとする傾向は、魔術と現実の交接点をさぐる上で熟視する意義がある。原は自らの文学的主題について、かねてから取りくんでいた「死と夢」のテーマが、それを愛してくれた妻との死別、そして被爆体験を経て、「死と愛と孤独」となるだろうと述べた。[8] 一九四八年（昭和二三）には、これら三つのキーワードは「天上の星のように美しい系列」のようであるとも語り、ある種の神話的普遍性を持つ像を結ぶものだということを示唆している（Ⅲ―三五六頁）。他方で、この芸術を産み出すための詩人自身の生活は困窮してゆき、現実と幻想のあわいに、近代文学の担い手、ないしは近代人としての葛藤がにじんでいる。夢と幻というロマン主義的モティーフや「魔術」的関心が、未曾有の惨劇との遭遇を機に、詩人の内でどのように展開していったのか。ほとんど「非現実的」な体験のなかに、人間らしい死と生を取り戻そうとした詩人が視たヴィジョンを明らかにしたい。

一　記録と記憶

原民喜について語るとき、被爆体験の叙述においては、その透徹したジャーナリスティックな描写が評価の対象となってきた。一九四五年（昭和二〇）八月六日の体験に基づいた作品「夏の花」（初出：『三田文学』一九四七年（昭和二二）六月号）は、原が被爆直後に安全な場所を求めて流浪しながら手帳に詳細に書き留めた内容を、ほぼ忠実に反映したものであった。(9) さらに、原がそもそもこの作品に与えようとしたのも「原子爆弾」というタイトルであった。被爆直後から、詩人がすぐれた言語能力を用いてこの兵器の実態を記録しているという意味で、原の証言が貴重な「史料」であることは疑いがない。

ただし、その語りはあくまでも彼個人の眼を通した彼自身の言葉として完結するものでもあり、あたかも単一の「全体像」の一側面としてのみ扱うことは、原自身にとっての「現実」がどのようなものであったのかという輪郭を曖昧なものにしてしまう。多くの原子爆弾についての語りは今日、俯瞰的な情報――閃光、火球、熱線、衝撃波、それにともなう家屋の破砕・火災、そして放射線が、即座に、あるいは時間をかけて、人間と都市と自然を破壊し、巨大なきのこ雲を上空に出現させる(10)――と関連づけられ、ひとつの大きな体験談をなすものとして受容されることが多い。しかし、すでにこうした表象の限界が指摘されているように(11)、体験はつねに複数性を持つものであるということに留意しなければならない。

実際に、原が語った八月六日の朝の状況は以下のようなものである。

〔……〕突然、私の頭上に一撃が加へられ、眼の前に暗闇がすべり墜ちた。私は思はずうわあと喚き、頭に手をやつて立上つた。嵐のやうなものの墜落する音のほかは真暗でなにもわからない。手探りで扉を開けると、縁側があつた。その時まで、私はうわあといふ自分の声を、ざあーといふもの音の中にはつきり耳にきき、眼が見えないので悶えてゐた。しかし、縁側に出ると、間もなく薄らあかりの中に破壊された家屋が浮び出し、気持もはつきりして来た。
それはひどく厭な夢のなかの出来事に似てゐた。（I-五一〇頁、傍点は原文による。傍線引用者。以下も同）

この第一印象だけを切りとったとき、「暗闇」が原子爆弾に起因するものだと特定するのは困難だろう。だが、原は他の作品での記述においても「頭上に暗黒が滑り墜ちた」（II-五九四頁）と回想しており[12]、原の体験を象徴するのはかならずこの闇なのである。のちに人びとのあいだでは原爆の俗称として閃光をあらわす「ピカ」が使われてゆくことになる一方[13]、原の記憶にははじめからこの「光」は存在しないことになる[14]。

対して、同じ幟町の生家で被爆した妹の言にもとづく説明には、新聞に掲載された被爆者の証言とも共通する[15]、閃光やマグネシウムへの言及が含まれる。

妹は玄関のところで光線を見、大急ぎで階段の下に身を潜めたため、あまり負傷を受けなかつた。みんな、はじめ自分の家だけ爆撃されたものと思ひ込んで、外に出てみると、何処も一様にやられてゐるのに啞然とした。〔……〕ピカツと光つたものがあり、マグネシユームを燃すやうなシユーツといふ軽い音とともに一瞬さつと足もとが回転し、……それはまるで魔術のやうであつた、と妹は戦きながら語るのであつた。（I-五一四～五一五頁）

キース・トマスは「人間が魔術に訴える最も大切な原因は、自ら直面している諸問題を扱うのに必要な経験上の、もしくは技術上の知識が欠けている」（下巻、九五五頁）ためだとしたが、この閃光を目撃した者は、妹を含め、マグネシウムが燃焼時に強烈な光を発するという既知の科学的知識によってこの体験を理解しようとしたにもかかわらず[16]、その認識を現実が超えたことで、当惑をおぼえざるをえなかったことがわかる。

この対比を通して見えてくることは、原にとってこの体験が、当初はただなにか恐ろしい災厄としてはじまったということである。妹が「魔術」という説明原理を用いつつも、逆説的にこれを人為的な爆撃として認識した一方、原爆の科学的特徴とも言える閃光を目撃しなかった「私」は、「夢」のような、未知の（あるいは、予見されてはいるが未だ経験されていない）状況としてまず受けとめた。その意味で、この小説の描写は、きわめて「ジャーナリスティック」ではありつつも、詩人が目の前の未曾有の光景をそのものとしてとらえ、トマスが指摘するような意味での魔術的な想像力を以て、理解しようと努めた過程として理解されうるのである。

「私」は一行とともに仮寓を求めてさまようあいだ、「言語に絶する人々の群」（I―五一六頁）を目撃し、その後、饒津公園の向かいの土手の窪地で一夜をすごす場面で、幼い日にその場所を訪れたことを回顧する（I―五一九頁）。しかしその美しい断想は決して、この惨劇によって変容させられた人間や街の外形と比較されているだけではない。川辺で「くちやくちや」で「痛々しい」、「奇怪」な姿となった人びとは、それでも「優しい声で」「哀切な声で」詩人に語りかけ、何か訴え事を持って、懇願してきた。惨禍に遭ってなお人間としての生活を継続しようとする者の長い一日が、かつての夏の日――日用品の看板があり、定期的に汽車が通り過ぎていく、人間の生が目の前の世界以外にもあたりまえに広がっているような日常――と重なり合うことで、明らかな暴力によってその一切が奪われたにもかかわらず生き延びようとする人間の姿が、強烈に印象づけられるのである。

こうした原の絵画的な記憶は、時間を経て語り手が「この空襲の真相」（I―五一四頁）に近づくにしたがって、非現実な現実を言語を以てとらえる努力として、より概念的に現れてくる。馬車で郊外へと向かいながら「一覧」した光景は次のように描出される。

　ギラギラと炎天の下に横はつてゐる銀色の虚無のひろがりの中に、路があり、川があり、橋があつた。そして、赤むけの膨れ上つた屍体がところどころに配置されてゐた。これは精密巧緻な方法で実現された新地獄に違ひなく、ここではすべて人間的なものは抹殺され、たとへば屍体の表情にしたところで、何か模型的な機械的なものに置換へられてゐるのであつた。苦悶の一瞬足掻いて硬直したらしい肢体は一種の妖しいリズムを含んでゐる。電線の乱れ落ちた線や、おびただしい破片で、虚無の中に痙攣的の図案が感じられる。だが、さつと転覆して焼けてしまつたらしい電車や、巨大な胴を投出して転倒してゐる馬を見ると、どうも、超現実派の画の世界ではないかと思へるのである。（I―五二二～五二三頁）

「これは精密巧緻な〔……〕置換へられてゐるのであつた」の箇所は、「夏の花」が『三田文学』に発表される前に自主検閲によって削除されたのだが[17]、原がここで、この悲惨をなにか作為的なものとしてとらえていることは、詩人ののちの人間観の醸成を検討する上で看過できない。くわえて、「妖しいリズム」という魔術的な不安定さとともに、「超現実派」への言及があることも興味深い[18]。「死」のみに焦点を当てたこの描写は、現実でありながら、詩人自身が額の外から世界を見つめているようでもある。死が満ちているというよりも生が排除され、ただ無機的に物体が「配置」されているという認識は、予見された人間世界の終末が「実現」したことの神話的想起ともいえるだろう。

被災時の手帳という現実の「記録」は、このように、詩人自身の「記憶」を通して、人間世界の来し方と行方を幻として浮かびあがらせた。次節ではさらに、原爆によって魔術的に再認識された人間の生を、詩人がどのように作品にのこしてゆくのかに焦点を当てたい。原子爆弾という「プロメテウスの火」が郷里を灼いたことを知るにつれ、原は自身が生きのこったことの意味をつよく求めるようになる。そこから導かれる「人間の生とは何か」についての問いをめぐる葛藤を、以下にたどってみる。

二　荒野と聖夜

「夏の花」は、「廃墟から」（初出：『三田文学』一九四七年（昭和二二）一一月号）、「壊滅の序曲」（『近代文学』一九四九年（昭和二四）一月号）と併せて『夏の花』三部作として一冊にまとめられ、一九四九年（昭和二四）二月に能楽書林から刊行された。同書の冒頭には、エピグラフとして聖書の一節が添えられている。

わが愛する者よ　請ふ　急ぎはしれ
香はしき山々の上にありて
獐のごとく　小鹿のごとくあれ　（雅歌八・一四）[19]

この引用は、表面的には原の「愛する者」、つまり妻への思慕を伝えるものだと解釈することができる。だが、もう少し注視してみると、この部分のみならず「雅歌」全体が、詩人の晩年の創作と大きく響きあっていることがわかってくる。たとえば次の箇所である。

わが愛する者の聲きこゆ、視よ、山をとび、岡を躍りこえて來る
わが愛する者は獐のごとくまた小鹿のごとし、視よ彼われらの壁のうしろに立ち、窓より覗き、格子より窺ふ
わが愛する者われに語りて言ふ、わが佳耦《とも》よ、わが美《うるは》しき者よ、起ちて出で來れ
視よ、冬すでに過ぎ、雨もやみてはやさりぬ
もろもろの花は地にあらはれ、鳥のさへづる時すでに至り、班鳩《やまばと》の聲われらの地にきこゆ（雅歌二・八～一三）

愛する者への呼びかけだけではなく、愛する者からの声も受けとるという点で、この歌は双方向の対話をなしている。中盤となる第五章六節では、一度は愛する者と会えずにすれ違うという描写があるが、最終章では大水も消すことができない激しい焔としての愛が高らかに謳われ（八・六～七）、原が引用した部分で結びとなる。つまり、ここでの「出で來れ」は、冬枯れの世界がおわったことを呼びかけるもので、後述するように、まさに原が「鎮魂歌」（『近代文学』一九四九（昭和二四）年八月号）でとなえた心願の成就、すなわち、世界の荒廃の終焉を告げるものと重なっている。原はかねてから預言的に抱いていた空が墜ちる恐怖を、原爆によって実際に体験することになったが、聖書の神話的イメージを借りることで、そうした破局をその先の物語へと接続することが可能になったのかもしれない。[20]前述したよう

に、「夏の花」はもともと、「原子爆弾」というタイトルで構想されていた。そして、「原子爆弾」、「廃墟から」、「壊滅の序曲」という三部立ては、たしかな円環性をともなっている。「原子爆弾がこの街を訪れるまでには、まだ四十時間あまりあつた」（I―五八三頁）と締めくくられた第三部「壊滅の序曲」の世界は、第一部の冒頭で名も知らぬ可憐な夏の花を妻の墓に手向ける男とほぼ同時に存在している（「原子爆弾に襲はれたのは、その翌々日のことであつた」I―五〇九頁）。この抜け出せない悪夢の環から詩人を救うことができるのは、超越的な世界の介在のみであった。

原に聖書の世界を教えたのは、若くして他界した姉のツル（一八九七〔明治三〇〕～一九一八年〔大正七〕）である。(21) ゆえに詩人にとって、聖書の世界は超越的ではあっても、先立った人びとと自己と接続する遙かな場所として以前から存在した。原はこの「雅歌」の他にも、一九四九年にも友人に宛てた書簡で「伝道の書」の一節を何気なく引用するなど、ながく聖書の内容に親しんでいたことがうかがえる。(22) さらにはこの時期、原爆の惨劇という黙示録的な破局から生まれる「新しい人間」への期待さえ、しばしば聖書の表現を用いてあらわしている。(23)

そして、この「新しい人間」については、「夏の花」から半年後の発表となった「氷花《こおりばな》」（『文学会議』一九四七年〔昭和二二〕一二月号）でもすでに言及しているのだが、原は自らも含めた生存者たちが肉体的に原爆の威力に持ちこたえている点だけではなく、苦しみのなかでも人間らしさとでもいうべきものを失っていないことに、大きな関心を寄せている。具体的にはそれは、原爆〔戦争〕以後も繰り返されるであろうクリスマスの団欒風景として幻視される。姪が縁側で、「諸人　こぞりて　讃へまつれ　久しく待ちにし……」と歌ったことが「彼」の耳にのこり、それは幼い姪たちが将来成長してあらたな家族とあたたかいクリスマスを過ごす、「さういふ夢」の調べとして、結末にも伏流するのである（Ⅱ―四三頁、四六頁）。「諸人こぞりて」は、破壊された人間らしい生の回復を意味すると同時に、人間同士の共同体そのものへの信を置くものでもある。すべての人間がともに頌えることのできる世界をもちうるという希望が、ここでは詩人の脳裏をよぎっている。

このように、原にとっての聖書の世界、そしてそこに描かれた人間の原初の姿は、人類の過ちを糺す希望となりうるものである。ただし、その希望はこれまでにも幾度となく揺さぶられてきたものであり、すべての人が静かに祈りをささげる「聖夜」が万人に等しく到来するという楽天的な夢を、原自身が甘受していたわけではない。一九五〇年〔昭和二五〕一二月二三日には友人である詩人・長《ちょう》光太に宛てて「家なき子のクリスマス」と題した詩を書き送っているが、そこに描かれるのはむしろ絶望の前夜である。

主よ、あわれみ給へ、家なき子のクリスマスを
今家のない子はもはや明日も家はないでせうそして
今家のある子らも明日は家なき子となるでせう
あはれな愚かなわれらは身と自らを破滅に導き
破滅の一歩手前で立ちどまることを知りません
明日ふたたび火は空から降りそそぎ
明日ふたたび人は灼かれて死ぬでせう
いづこの国もいづこの都市もことごとく滅びるまで
悲惨はつづき繰返すでせう
あはれみ給へあはれみ給へ破滅近き日の
その兆に満ち満てるクリスマスの夜のおもひを（Ⅲ－三一八頁）(24)

この手紙からそれほど間をおかず、ふたたび長にたいして「僕もクリスマスの詩は詩として、必ずしも人類の将来に絶望してゐるわけではありません」（Ⅲ－三一九頁）と書き送っているように、これを朝鮮戦争への不安すなわち原の自殺の原因とするのは早計である。むしろ「今家のない子はもはや明日も家はないでせう」の部分で想起されるのは、原自身が一九四七年〔昭和二二〕一二月に『三田文学』の編集後記に書き残しているライナー・マリア・リルケ（Reiner Maria Rilke、一八七五～一九二六年）の「秋の日」の一節「今　家を持たぬ者は　もはや我が家を建てません」（片山敏彦

訳、五九頁）だろう。後述するように、困窮に悩まされる原にとって、リルケは格別な共鳴を覚える詩人であった。[25]

なお、クリスマスという非日常のひとときにおいて疎外されている感覚は、リルケとは別の文脈で、ヨーロッパにおいてすでに一九世紀には共有されるものとなっていた。サミュエル・テイラー・コウルリッジ（Samuel Taylor Coleridge、一七七二～一八三四年）の「宿なし」（*Homelessness*、一八二六年）では、括弧にくくられた楽しいクリスマスという建前と、その向こうに透過する独り身の寂寥が、率直に綴られている。原がこの詩を参照したかどうかはさだかではないが、魔術的な祝祭としての聖夜の幻と、詩人自らが身を置く現実である荒野の対照は、被爆体験とはまた異なる位相において、現実の生の苦境を創作世界のなかに浮かびあがらせる。手に余る科学の産物――原子爆弾を持ったことだけが「人類」のあやまちというわけではない。さまざまな理由でこの世界を通り過ぎてゆく人びととのつながりを留めることも含めた、近代社会で生きることそのものの困難さにどのように向き合うべきなのかという根源的な問いもまた、原にとって大きな主題だったのである。

三　魔術と現実

テオドール・W・アドルノは、「文化批判と社会」において「アウシュヴィッツ以後、詩を書くことは野蛮である」としたが、[26]原は八月六日に目のあたりにした言語を絶する光景を、その不可能性を知りつつも――あるいは知ったからこそ――時を移さず書きしるし、理解しようとした。原は、「夏の花」が掲載された一九四七年六月の『三田文学』の編集後記で次のように述べている。

〔……〕生生しい今日の現実が、私たちを駆つて小説のところへ赴かせてゐる。小説のなかに人間があるのか、人間のなかに小説があるのか、貧困と荒廃の底から仄かにゆらめいてゐるのは、未来に対する郷愁である。（Ⅲ―三四五頁）

「貧困と荒廃」という現実の底にゆらめく「未来に対する郷愁」は、不確定な希望あるいは絶望として、原のなかでつねに明滅していた。わずか二年後の一九四九年（昭和二四）に発表された「鎮魂歌」では、「さまよつてゐる。さまよつてゐる。さまよつてゐるのが人間なのか。人間の観念と一緒に僕はさまよつてゐる」（Ⅱ―一〇九頁）と、現実から遊離し自問する「僕」が、あるとき「原子爆弾記念館」を訪れ、そこで広島の惨劇を追体験する装置に案内され、半ば惑乱する。

僕は叫ぶ。僕の眼に広島上空に閃く光が見える。光はゆるゆると夢のやうに悠然と伸び拡る。あツと思ふと光はさツと速度を増してゐる。が、再び瞬間が細分割されるやうに光はゆるゆるとためらひがちに進んでゆく。突然、光はさツと地上に飛びつく。地上の一切がさツと変形される。街は変形された。が、今、家屋の倒壊がゆるゆると再びある夢のやうな速度で進行を繰返してゐる。僕は僕を探す。僕はゐた。あそこに……。僕は僕に動顛する。僕は僕に叫ぶ。（虚妄だ。妄想だ。僕はここにゐる。僕はあちら側にゐない。僕はここにゐる。僕はあちら側にはゐない。）僕は苦しさにバタバタし、顔のマスクを捥ぎとらうとする。（Ⅱ―一一二頁）

すでに見てきたように、これは原の実体験とはまったく異なるものだ。しかし、個々に特異なはずの被爆体験を語るたびに、詩人は同じ被爆者の痛みを知らなければともがき、自身を他の被爆者たちから隔てることを拒もうする。「あの日」の現実を知れば知ろうとするほど、自分のものではない経験にとらわれゆく姿が、「鎮魂歌」には深くうつしとられている。(27) 近年思想研究などにおいては、原爆の経験をナチスによるユダヤ人虐殺（ショアー）やその他の破局的な惨劇の経験と比較するという新たな地平が開かれており、類例をみないほどに残酷な、同じ種の生き物に対する悪虐が同時期に複数行なわれたことに着目し、私たちの「人間性」とは何なのかをより広範な問いとして投げかけている。(28) しかしながら、脅かされた人間性の土台の上に存在する「自己」の経験は、「鎮魂歌」における「僕」のように、こうした巨視的な内省においては置き去りにされてしまう。
このようにほとんど錯乱的に自らの生存の意義を問いつめる「僕」が、急速に統一的な思考を取り戻すのは、リルケの『ドゥイノの悲歌』の影響が色濃い「嘆き」という言葉を手がかりとして得たときである。そしてつづけて雅歌のヴィジョンが幻視される。

……僕にはある。
僕にはある。僕にはある。僕にはまだ嘆きがあるのだ。（Ⅱ―一四〇頁）
〔……〕
僕は堪へよ、静けさに堪へよ。幻に堪へよ。生の深みに堪へよ。堪へて堪へて堪へてゆくことに堪へよ。一つの嘆きに堪へよ。無数の嘆きに堪へよ。嘆きよ、嘆きよ、僕をつらぬけ。還るところを失つた僕をつらぬけ。突き離された世界の僕をつらぬけ。
明日、太陽は再びのぼり花々は地に咲きあふれ、明日、小鳥たちは晴れやかに囀るだらう。地よ、地よ、つねに美しく感動に満ちあふれよ。明日、僕は感動をもつてそこを通りすぎるだらう。（Ⅱ―一四三～一四四頁）

ショアーの生きのこりであるパウル・ツェラン（Paul Celan、一九二〇～一九七〇年）と原民喜の比較を行った柿木伸之は、「死者の声を、その声なき声を反響させる」、「自律的な無調のポリフォニーとして構成された詩の誕生のうちにこそ、アウシュヴィッツ以後の、そしてヒロシマ以後の詩作品の、まさに詩としての姿」が認められる可能性を指摘している。[29] 原が、死の川辺にあった死者の声をすくいとり、それを詩のなかに見事に彫琢していることは疑いがなく、この擁護は的確なものである。しかし本論では、「鎮魂歌」における「一つ」と「無数」の嘆きという区別に着目したい。この二つは「結びつく」「鳴りひびく」（Ⅱ―一四〇頁）関係ではあるが同一ではない。自らの体験の外にある、しかしどこかで経験された――あるいは今後経験される――未知の幻も含めて、「嘆き」は、原自身、その他の生存者、この地の人すべてのものである。そして、詩人自身の嘆きと他者（死者あるいはほかの生者）の嘆きは、シンフォニーとして共に響《どよ》めきつつも、一方で、まったく別々の嘆きが、決して一つにならない嘆きが、詩人のまわりでカコフォニーとしてざわめいている。「嘆き」は救いである一方で、詩人に合一を迫る声でもある。「つらぬく」という、始点と終点をひとつのものが通りぬける語が示すように、孤立した個、バラバラになった自己、生者に置きざりにされた「僕」は、嘆きを以て、あらゆる感覚を取りもどし、あるいは取り戻すことを強いられ、そこではじめて、他者のなかに、世界に、ひとつの現実として存在することができるのである。

原民喜は、天が崩落する妄想に怯え、大学時代の句作にあっては列子の故事にちなんで「杞憂」と号した。その後、この危惧が原爆という形で「実現」したことで、彼の「杞憂」は予型論めいた神話的性質を帯びてしまった。預言された世界の終局に遭って、それでもそこから生き延びた詩人は、ゆえに、新たな「死」、そしてそこにつながる「生」の形を想像せざるをえなかったのである。原にとっては、死の世界からもっともつよく呼びかける存在は亡姉、亡妻、そして原爆の犠牲者たちであり、病によって悲しくはあれど「美しい」昇天を遂げた妻と、原爆によって無惨にもぎとられた命のあいだにひとしく「人間的なもの」を見いだそうとすることが、文学的使命となった。そしてそれは、リルケがかつて遺した「各人に『彼自身の死』を与えたまえ」という祈りと共振する。[30] 原が「崩れ墜つ　天地のまなか」に見た一輪の花は、根拠なき希望の象徴ではなく、一つの嘆きと無数の嘆きによってつらぬかれ、惨劇後の世界を「現実」として回復しようとする詩人が、必ず再臨しなければならない朗らかな世界のきざしとして、魔術的言語を用いて描いた幻なのである。

おわりに

原子爆弾は、一九四五年八月に広島と長崎に投下された。またその予行演習として日本各地で使用された複数の「模擬原爆」も、投下時の効果を「高める」上で大きな役割をはたした。科学の粋を極めたこの兵器は、それから八〇年近

図版１　広島のデルタ（2016年５月　筆者撮影）

くのあいだ、日本、ひいては人類にとっての悍ましい記憶の象徴でありつづけている。その被害を体験したひとりである原民喜は、想像を超えた惨劇を「現実」として言語にとどめようとした。それは戦争という破壊行為に抗する芸術の創造行為というよりはむしろ、近代科学が解明した世界とその上に築かれた文明が自壊した瞬間、そこに生じた魔術的な光景を、新たな現実として受けとめるための行為であった。

しかしいま、「原子爆弾」という言葉は、もはやどこか「過去」のものに響く。それは当事者の記憶が遠ざかり、その脅威が過ぎ去ったのだという意味ではない。畢竟、今日の核兵器は、広島や長崎を壊滅させたものよりもはるかに強大で、効率的に、殺戮と破壊をもたらすものとして「進化」している。あるいはそれ以外の「通常」兵器でさえ、次々と地上に惨禍をもたらしている。原民喜はこのような人間の未来を予見し、望みを失ったのか。「貧困と荒廃の底から仄かにゆらめいてゐる〔……〕未来に対する郷愁」の幻視の果てに、最終的に詩人が出した答えは、「まねごとの祈り　終にまことと化するまで」（Ⅲ－二九四頁）合掌をつづけることであった。彼が自らを轢断したことは、この祈りが潰えたことを意味しない。いまもこの地上の新たな廃墟から、広島に——詩人が願った「永遠のみどり」に、人びとの祈りが向けられているからである。

【註】

（1）Rainer Maria Rilke, "Magie," *Sämtlich Werke*, Bd.2 (Insel-Verlag, 1956), 174. 拙訳。

（2）主な論考として江川純一・久保田浩「「呪術」概念再考に向けて――文化史・宗教史叙述のための一試論」（『「呪術」の呪縛』、上、リトン、二〇一五年）などがある。

（3）芥川龍之介「魔術」、『芥川龍之介全集』第二巻（岩波書店、一九二八年）三八三頁。

（4）佐藤元紀「転換期における〈心〉の諸相――谷崎潤一郎「ハッサン・カンの妖術」から芥川龍之介「魔術」へ」、『日本語と日本文学』第五二巻（筑波大学日本語日本文学会、二〇一一年二月二八日）一七～三〇頁。

（5）トマス自身も、魔術が科学に取って代わられたという不可逆・直線的な変化を必ずしも認めることはできないと述べている。「かくして、こう論じることができる。このような原始的信仰は、知的に満足しえないものと見なされるに至ったので衰退したのだと。しかし、この脱幻想の過程がいかなるものであったかについて、完全な詳細は決して明らかにならない〔中略〕。単純にこの変化を、科学革命のせいにするわけにはいかないのである。それ以前にも、あまりにも多くのいわゆる「合理主義者」がいたし、それ以後にもあまりにもの多くの信仰者たちがいた。」『宗教と魔術の衰退』（下）、荒木正純訳（法政大学出版局、一九九三年）九五四頁。

（6）一例としてジョルジョ・アガンベンは、フランツ・カフカ（Franz Kafka、一八八三～一九二四年）による魔術の定義を紹介し、魔術師はいわゆる現実的な科学的理解とは異なる形で事物・存在そのものの「元基」を掌握し、現前させられる能力を持つことを示唆している（『瀆神』上村忠男・堤康徳訳、月曜社、二〇〇五年、二八～二九頁）。

（7）野谷文昭によれば、ドイツの批評家フランツ・ローが表現主義以降の絵画に関する評論で使用した概念で、オルテガ・イ・ガゼットによってスペイン語圏に「レアリスモ・マヒコ」として輸入され、ラテン・アメリカ文学の特徴を示すものとして使用が広がった（「マジック・リアリズムとは何か」、東雅夫編『幻想文学講義――「幻想文学」インタビュー集成』国書刊行会、二〇一二年、六五〇頁）。ラテン・アメリカ文学ではガブリエル・ガルシア＝マルケス、英語圏文学ではサルマン・ルシュディらが代表例として挙げられている（六五六頁）。

（8）「死と愛と孤独」、『定本　原民喜全集』（青土社、一九七八～一九七九年）第Ⅱ巻、五五一頁。以下、同全集からの引用は、「巻数―ページ数」で示す。

（9）海老根勲「原民喜の「手帳」（「原爆被災時のノート」解題）」より。『新・日本現代詩文庫　新編　原民喜詩集』（土曜美術社、二〇〇九年）口絵。

（10）きのこ雲については、二〇二三年の夏を前にして巻き起こった「バーベンハイマー」（Barbenheimer）問題――ハリウッド映画の『バービー』（*Barbie*）と『オッペンハイマー』（*Oppenheimer*）の相乗的なプロモーションのため、きのこ雲がポジティヴかつ爽快な衝撃を象徴するものとして広告画像に引用された――に代表されるように、ミームとしての通用がしばしば炎上の的になっている。

（11）野上元「原民喜、以後――あるいは、〈メディア〉として原子爆弾を考えることの（不）可能性」『現代思想　特集＝「核」を考える』三一（一〇）（二〇〇三年八月）一〇四～一一八頁。

（12）手帳の記録にも、「便所ニ居テ頭上ニサクレッスル音アリテ頭ヲ打ツ　次ノ瞬間暗黒到来」とあるのみで（『新・日本現代詩文庫　新編　原民喜詩集』口絵。全集の翻刻においては「〔……〕暗黒騒音」。Ⅲ―三三八頁）、閃光への言及はない。「夢と人生」（『表現』一九四九年〔昭和二四〕）でも「突然、暗闇が滑り墜ちた。あのとき突然、僕の頭上に暗闇が滑り墜ちて来た。それから何も彼も崩壊してゐた。それから僕は惨劇のなかを逃げ廻つた。突然、暗闇が滑り墜ちた」と、この瞬間が反復されている（Ⅱ―二八四頁）。

（13）「原子爆弾」という呼称自体を知るのも被爆一〇日後のことである。なお朝日新聞も、大本営発表を受けて原爆について報じた一九四五年〔昭和二〇〕八月七日付けの東京・朝刊ではまだ「新（型）爆弾」としており、八月一一日付けの東京・朝刊「原子爆弾の威力誇示　トルーマン・対日戦放送演説」で「原子爆弾」の使用がようやく見られるようになった。原による被爆体験の叙述と、この名称を知った日についての回想では、次のように「滑り墜ちる」という表現が共通している。「新聞の届かない僕たちのところへ、町からやつて来た甥がゲンシと耳なれぬ発音をした。と、ゲンシといふ音から僕はいきなり原始といふイメージが閃いた。あの僕の眼に灼きつけられてゐる赤く爛れたむくむくの死体と黒焦の重傷者の蠢く世界が、何だか原始時代の悪夢のやうにおもへた。ふと全世界がその悪夢の方へづるづる滑り墜ちるのではないかとおもへたものだ」（「長崎の鐘」、Ⅱ―五八七頁）。

（14）閃光は原爆を表象する際には欠かせない要素である。スコットランドの歌手イアン・キャンベル（Ian Campbell）による反核フォークソング *The Sun is Burning*（一九六三年）にも、「死が目も眩む閃光（a blinding flash）のなか　やってくる」との描写がある。BBC studio 制作の、広島への原爆投下イメージ映像（二〇一七年）でも、閃光に目を覆う被爆者たちと、投下後の様子をゴーグル越しに観察するエノラゲイの搭乗員のカットが対照に映し出される（https://www.youtube.com/watch?v=3wxWNAM8Cso、二〇二三年九月三〇日 閲覧）。

（15）南観音町で被爆し、帰阪して取材を受けた人物の証言。「自分は南の縁側から、いま一人は北の縁側から敵機を探してこれをみてゐたが、そのときピカリと光つて全一面に強い閃光がした、それは丁度強い電光のやうだつた／マグネシユーウムが燃えた時のやうな光だつた、つぎの瞬間風圧と熱い痛いといふ感じが顔にした」。一九四五年〔昭和二〇〕八月一〇日付「新型爆弾に勝つ途」、朝日新聞、東京・朝刊。

（16）言うまでもなく、この閃光は実際にはマグネシウムの燃焼ではなく核分裂によって放出されたものである。

（17）削除部分が復元されるのは原民喜の没後、『原民喜作品集』（角川書店、一九五三年〔昭和二八〕）に収録された際である（佐々木基一による解説、『小説集　夏の花』、岩波文庫、一九八八年〔昭和六三〕、二一〇頁）。

（18）慶應義塾大学文学部英文学科で西脇順三郎の指導を受けた原が、文学・芸術と「現実」との向き合い方についてまったく意識せずにこの語を用いているとは思いがたく、のちのちの文学に対する思いの吐露（佐々木基一宛書簡における『新日本文学』対『近代文学』の論争にかんする言及、Ⅱ–五五九頁）にも接続しているように思われる。また、シュルレアリスムについてもう一点重要なのは、「はじめに」で触れたように、マジック・リアリズムの発祥との関係である。いずれにしても、原とシュルレアリスムというテーマについて触れるためには、青年期のダダイズム傾倒にも目を配る必要があるのだが、紙幅の都合上、それは別の機会としたい。

（19）以下、聖書は原も使用した文語訳を参照した。なお、新潮文庫版『夏の花』では「獐」の字に「のろ」、岩波文庫版では「しょう」のルビがふられているが、英国聖書協会発行の文語訳ではこの字には「しか」の音があてられている。

（20）たとえば前田祝一は、原爆以前にも、「超越的な死のこの世への侵入」が詩人の意識を混濁させ、その体験を「過去の追憶の底に沈めるとき、それは透明は〔な〕上澄みの底に描き出される一種のメルヘン」として結晶化されていると述べている。「原民喜とジェラール・ド・ネルヴァル（その一）――この二つの夢と人生」『駒澤大學外国語部論集』一七（駒澤大學外国語学部、一九八三年〔昭和五八〕）八五～九九頁、九一頁。

（21）「やがて、姉は静かに話しだした。僕はすつかりその話に魅せられてゐた。それはアダムとイブの、僕がはじめて聴く創世記の物語であつた。姉の澄んだ眼は、彼女がこの世のほかに、もつと遙かな場所——そんな場所をお前〔引用註：亡妻〕もどんなに熱心に求めてゐたか——を疑はない眼つきだつた。そしてそれはまつすぐ僕にも映つて来た。姉の話が終つたとき僕は何か底の底まで洗ひ清められてゐた。急に僕の眼には今迄と世界が変つて来たやうにおもはれた。」「魔のひととき」（同名の詩も存在するが、散文のもの）Ⅱ—二六六頁。

（22）原は一九四九年に「カトリック信徒にならない」決意をノートの裏表紙に記していたことから（竹原陽子編「原民喜年譜」、『原民喜全詩集』岩波文庫、二二〇頁）、当時、キリスト教信仰に大きく惹かれていたことがわかる。また、晩年の原と聖書との関わりについては、遠藤周作との深い交流も一つの手がかりとなるだろう。

（23）たとえば「原爆小景」（『近代文学』一九五〇年〔昭和二五〕特別号）の「コレガ人間ナノデス」には、「原子爆弾ニ依ル変化ヲゴラン下サイ／肉体ガ恐ロシク膨脹シ／男モ女モスベテ一ツノ型ニカヘル」（Ⅲ—一六頁）があり、歴史的時間以前の人間への「回帰」を示唆するものである。またより直截的に、「火の踵」（『近代文学』一九四八年〔昭和二三〕一〇月号）には「ニュー・アダム」、「火の唇」（『個性』一九四九年〔昭和二四〕五・六月合併号）には「ニュー・イブ」がそれぞれ登場する。

（24）完成した作品としてⅢ—三六頁にも収録されている。読点、スペースの入れ方などにわずかに異同がある。

（25）ただし、原の貧困が原爆の罹災とも分かちがたく結びついていることには留意しておく必要がある。

（26）テオドール・W・アドルノ『プリズメン——文化批判と社会』渡辺祐邦・三原弟平訳（ちくま学芸文庫、一九九六年）三六頁。

（27）「死と愛と孤独」でもこうした懊悩は見てとれる。「原子爆弾の惨劇のなかに生き残つた私は、その時から私も、私の文学も、何ものかに激しく弾き出された。この眼で視たその生々しい光景こそは死んでも書きとめておきたかつた」と述懐した原だが、草稿段階では、「何ものか」の部分は「世紀の閃光」、「生生しい光景」は「体験」としていたことがわかっている。また、「人間の心のなかでとり行はれ（てゐ）る惨劇」というフレーズが、一度削除され、また書き加えられ、「言語を絶する悲惨」も「数知れぬ悲惨」に置き換えられた（決定稿では「うちつづく悲惨」、Ⅲ—五五〇頁）。草稿「死と愛と孤独」Web広島文学資料室、広島市立中央図書館、二〇二三年九月三〇日閲覧、https://www.library.city.hiroshima.jp/haratamiki/07gallery/gallery01.html

（28）原は「コレガ人間ナノデス」と断じ、イタリア系ユダヤ人のショアー生存者であるプリーモ・レーヴィは『これが人間ならば』（*Se uesto è un uomo*、一九四七年〔昭和二二〕）と題して収容所の体験をつづったが、こうした個々の告発にとどまらず、ハンナ・アレントの『人間の条件』（*The Human Condition*, 1958）のような、文明的存在としての人間の位置づけを再考する思想潮流が生まれている。

（29）柿木伸之「アウシュヴィッツとヒロシマ以後の詩の変貌」、『原爆文学研究』一四（花書院、二〇一五年）一〇四頁。

（30）高安国世訳、三九頁。『時禱詩集』（一九〇五年）におさめられた「貧困と死の書」の一部で、このつづきは「各人が愛と意味と、ぎりぎりの悩みとを経験した／そういう生から生まれる死を」となっているが、ここでの「ぎりぎりの悩み」にあたる原語はNot（貧困・困窮）。高安訳は原の没後の刊行のため、原自身がこの部分を読んだとすれば片山敏彦訳（『リルケ詩集』新潮社、一九四二年〔昭和一七〕）の可能性が高い。

【参考文献】


『旧新約聖書』第二三版、英国聖書協会、一九二四年。

梯久美子『原民喜――死と愛と孤独の肖像』岩波新書、二〇一八年。

原民喜『定本　原民喜全集』山本健吉・長光太・佐々木基一編、青土社、一九七八～一九七九年。

――『夏の花・心願の国』新潮文庫、一九七三年。

――『小説集　夏の花』岩波文庫、一九八八年。

――『夢の器――原民喜初期幻想傑作集』天瀬裕康編、彩流社、二〇一八年。

リルケ『ドゥイノの悲歌』手塚富雄訳、岩波文庫、二〇一〇年（改版）。

――『リルケ詩集』片山敏彦訳、みすず書房、一九六二年。

――『リルケ詩集』高安国世訳、岩波文庫、二〇一〇年。

Arendt, Hannah. *The Human Condition*. 2nd ed. University of Chicago Press, 2018.

＊本研究はJSPS科研費JP22K00497の助成を受けた。

『鬼滅の刃』における「鬼」たちの魔術的力

――鬼の始祖・鬼舞辻無惨をめぐって――

植 朗子

はじめに

「ついに…私の…元へ来た…今…目の前に…鬼無辻…無惨…我が一族が…鬼殺隊が…千年…追い続けた…鬼……」
（産屋敷耀哉／一六巻・第一三七話「不滅」）(1)

この八章では、吾峠呼世晴によるマンガ作品『鬼滅《きめつ》の刃《やいば》』を取り上げる。『鬼滅の刃』は二〇一六年から二〇二〇年にかけて『週刊少年ジャンプ』（集英社）で発表され、記録的なヒットと呼ばれるその反響の大きさに呼応するようにさまざまな媒体で批評や研究対象として取り上げられるようになっていった。「人喰い鬼vs人間」の戦いが描かれたバトルマンガであるこの作品では、「鬼」と呼ばれる魔物が人を襲う。「鬼」を統べる者として鬼舞辻無惨《きぶつじむざん》という〝人物〟があらわれ、彼は悪魔的な力や魔術的な技を駆使するのだが、その一方で人間に救いをもたらす神や仏といった神的存在は一切姿を見せることはない。「鬼」と戦うのはあくまでも「人間」であるという設定が物語の最後まで貫かれている。

本章は、〝文学〟と〝魔術〟という視点から『鬼滅の刃』について、とくに鬼舞辻無惨の持つ「魔の力」をとらえ直す。まず『鬼滅』（※以下、『鬼滅の刃』を『鬼滅』と表記することがある。）の「鬼」とは何か、さらに「鬼」たちの魔術的な力の根源について論じることからはじめるが、そのためにはこの作品における「鬼の血」の役割について述べなくてはならない。『鬼滅』の世界においては、人間と「鬼」を隔て、その因縁をつなぐ媒介となるものとして「血」のモティーフが使用されているからである。

大正時代の日本を舞台としている『鬼滅の刃』は、昔話的な要素がいくつも含まれている。しかし、それは「日本的なもの」だけではない。『鬼滅』の「鬼」は日本文学作品に描かれてきた鬼たちとは異なる性質がある。作中の描写、キャラクターたちのセリフと、他の文学作品、古典、民間伝承の鬼の定義との比較から明らかにしたい。

『鬼滅』の「鬼」は暴力的な死をもたらす恐ろしい存在であり、そこに「血」のモティーフが集中的に使用されているのだが、何よりも特徴的なのは、物語冒頭で「不幸の予兆」として「血の匂い」がくり返し示されることである。

「幸せが　壊れる時には　いつも　血の匂いがする」（竈門炭治郎／一巻・第一話「残酷」）(2)

『鬼滅』の「鬼」の描写には「吸血」を思わせる場面が多くあり、(3)魔物として他者の生と幸福を奪い取る。血は「鬼」のエネルギー源になるだけではなく、「鬼化」という現象の要因にもなっている。さらに、鬼たちの特殊能力「血鬼術《けっきじゅつ》」、「鬼」のパワーを増幅させる「稀血《まれち》」などもあるため、これら「血」モティーフの解釈を通じて、「魔術的な力」の正体について考えることとする。

一　魔＝鬼が潜む『鬼滅の刃』の世界

『鬼滅の刃』の物語は、平凡な炭焼きの一家が鬼に襲撃されるエピソードからはじまる。母と五人の弟妹たちと仲良く暮らす竈門炭治郎《かまどたんじろう》は、ある時、仕事に手間取ってしまい、日暮れになってやっと自分の家に帰ろうとしていた。そこを〝三郎爺さん〟という顔見知りの男に呼びとめられ、「こら炭治郎　お前　山に帰るつもりか」「危ねえからやめろ」「うちに泊めてやる　来い　戻れ」「いいから来い!!」「鬼が出るぞ」(4)とまくしたてられてしまう。竈門家は父親が病死しており、家には母親と弟妹しかいないため炭治郎は早く帰宅したいのだが、三郎のあまりの剣幕に押されて、彼の家で一夜を明かすことにした。三郎は親切な男ではあったが、「鬼」について語る時には異様な様子をみせた。

「昔から　人喰い鬼は　日が暮れるとうろつき出す　だから夜　歩き回るもんじゃねぇ」（三郎爺さん／一巻・第一話「残酷」）(5)

そして、炭治郎は三郎から四つの「鬼」の特徴を教えられた。

i：「鬼」は人を喰う
ii：「鬼」は日暮れから活動をはじめ、日中は出没しない
iii：「鬼」は家の中に侵入する
iv：「鬼」は「鬼狩《おにが》り様《さま》」によって斬られる

表1：三郎爺さんの説明による「鬼」の特徴(6)

三郎は懸命に「鬼」の恐ろしさを伝えようとはしているものの、「三郎爺さん　家族を亡くして独り暮らしだから寂しいんだろうな」(7)と炭治郎は真剣に取り合おうとしていない。見開かれた三郎の目、近代化が進みつつある大正という時代においては現実味のない昔話のような内容から、三郎がまるで迷信に取り憑かれている人物のようにすら見える。しかしながら、三郎によるこの「鬼」の説明は、物語のラストシーンまで一貫して使用されつづける設定で、この後「鬼」のエピソードがどれだけ重ねられても揺らぐことはない。

そして、「鬼」が家の中に侵入するという特徴は『鬼滅の刃』の中で象徴的に使用されている。人間の安らぎの場所であり、家族が集う場である「家」に魔物が侵入するということは、この物語において「鬼」という存在が、人間の平和な日常生活を破壊するもの、家族など大切な人の生命を奪うものであることを示している。「鬼」を見たことがない炭治郎は、三郎の助言に対して「怖がらなくても鬼なんかいないよ　大丈夫」(9)と心の中で呟くのだが、この楽観的な思考は帰宅後にくつがえされることになる。

昔話、メルヒェン、伝説、あらゆる民間伝承の登場人物たちのように、『鬼滅』の主人公・炭治郎は異能の持ち主だった。彼は遠くのかすかな匂い、他人の感情すらも嗅ぎ取ることができるという「嗅覚」の特殊能力に恵まれていた。

帰宅後すぐに炭治郎は家族の「死の匂い」(＝血の匂い)を察知する。血まみれの家族に向かって「母ちゃん　花子　竹雄　茂　禰豆子《ねずこ》　六太…」と呼びかけるが[10]、家族はすでに死んでいた。唯一生き残ったのは炭治郎のすぐ下の妹・禰豆子だけで、その禰豆子も鬼の始祖・鬼舞辻無惨の血液をあびて「鬼化」させられているという悲惨な状態だった。

「鬼」が家に侵入し、人を惨殺する世界。しかし、ほとんどの一般人は「鬼」という存在に気づいてすらおらず、「鬼化」の要因も、「鬼」を人間に戻す方法もわからないという困難な状況で、炭治郎と禰豆子は竈門家に不幸をもたらした仇・鬼舞辻無惨を倒し、禰豆子を人間に戻すための旅に出かけることになった。

二　『鬼滅の刃』の「鬼」たち

『鬼滅の刃』には「鬼」は複数体登場するが、その正体は人間で、無惨の血液が傷口や口などを通じて体内に入ることで「人体の鬼化」が生じるという設定になっている。すべての人間が鬼化できるわけではなく、血に適応できた者だけが不完全ながらも「不老不死」の肉体を手にすることができるのだ。コミックス一巻と二巻で、複数の登場人物たちから「鬼」と「鬼化」の説明がなされている。まずは竈門兄妹を危機的状況から救った、鬼狩り集団「鬼殺隊《きさつたい》」の実力者で、「水の呼吸」と呼ばれる技の使い手である冨岡義勇《とみおかぎゆう》のセリフ、そして義勇の鬼殺の師である鱗滝左近次《うろこだきさこんじ》という年老いた剣豪の言葉が情報として示される[11]。

「治らない　鬼になったら人間に戻ることはない」(冨岡義勇／一巻・第一話「残酷」)[12]

「〝飢餓状態〟になっている鬼は　親でも兄弟でも殺して喰べる　栄養価が高いからだ　今までそういう場面を山ほど見てきた」(冨岡義勇／一巻・第一話「残酷」)[13]

「人間を 鬼に変えられる血を持つ鬼は この世にただ一体のみ」「その鬼の名は 鬼舞辻無惨」（鱗滝左近次／二巻・第一一話「暗示」(14)）

「〝血鬼術〟という特殊な術を使う鬼は 異能の鬼だ」（鱗滝左近次／二巻・第一〇話「人攫い沼」(15)）

彼らの言葉から、鬼舞辻無惨の「血」（＝鬼の「血」）こそが『鬼滅の刃』の世界における「鬼」たちの魔術的な力の根源であることがわかる。「血鬼術」にも「血」という言葉が含まれていることは示唆的で、『鬼滅』の世界において鬼の異能は、「鬼の血」を中心に描き出されることになる。

三 鬼の始祖の誕生

この世で初めて「鬼」になった鬼舞辻無惨は平安時代の生まれで、誕生直後に息をしておらず、荼毘《だび》に付されようとしていたところ蘇生した。生後すぐに「死の世界」を体験した男が、「鬼」という異形に転ずる。

「私にはいつも死の影がぴたりと 張りついていた 私の心臓は母親の腹の中で何度も止まり 生まれた時には死産だと言われ 脈もなく 呼吸もしていなかった 荼毘に付されようという際に 踠《もが》いて 踠いて 私は産声を上げた 私は私が強く念じたことを 必ず叶えてきた 実行してきた」（鬼舞辻無惨／二三巻・第二〇一話「鬼の王」(16)）

このか弱い赤子が成長して「鬼」の肉体を手に入れたのは、病気がちな身体の治療のために服用した「青い彼岸花」という薬(17)のためであった。

無惨は強靭な肉体を手に入れたかに思えたが　問題があった　日の光の下を歩けない　わかるのである　日光に当たれば死ぬのだと　人の血肉を欲するのは　人を喰えば解決する為　無惨にとって大した問題ではなかったが　昼間の内　行動が制限されるのは屈辱であり　怒りが募る　日の光でも死なない体になりたい（一五巻・第一二七話「勝利の鳴動」）[18]

これらの「鬼」についての情報は鬼殺隊側が把握している内容とほぼ同一であるのだが、「鬼の無惨」の誕生に医療行為（薬の服用）が関係していたことは知られていなかった。さらに、無惨が一度「死んだ経験」があること、丈夫な身体を求めた果ての鬼化であったことも、無惨本人以外は知り得ない情報である。

病弱な無惨の治療にあたった「平安時代の善良な医師」が作った「青い彼岸花」による鬼化のエピソードがストーリー上で回収されていないという意見が読者の一部にあるというが、無惨がどこまでも願った「病の克服／死の忌避」が、「医療行為」を通じて語られることにこそ意味があり、「薬」が鬼化の原因となっているところに『鬼滅の刃』の作品特徴があらわれている。（それについては六節で詳細を論じることにする。）

鬼化によって果たされる変化の中で、何よりも重要なポイントは「死ににくく」なることである。失った目も手足ももとに戻り、不治の病は克服され、丈夫な身体が手に入る。心残りを解決せぬままに寿命が尽きることもなくなり、人間時代の生の中で知りたかった惑いの答えを探し求め続けられるだけの、「長い時間」が与えられる。「鬼の血」がもたらす魔術的な力は、「人生の終わり」を〝先延ばし〟にできる効力を発揮する。しかし、その代償として「鬼」たちは、他者の生命と血肉を求めることになるのだった。

四　鬼舞辻無惨と吸血鬼たち

◆『鬼滅』の「鬼」たちの吸血行為

物語中で「鬼」という呼称が与えられているにもかかわらず、『鬼滅の刃』の「鬼」が、「西洋的な吸血鬼と近似の存在」として理解されることが多いのはなぜか。それは「鬼」たちの身体的特徴が①人間では太刀打ちできない強靭な肉体、②時代が変わっても生き残ることができる怪物的な命の長さ、③無惨ほど強さを誇っていても「日光」という弱点をどうしても克服できない、という三つの特徴の上に成り立っていることにあるだろう。では「鬼」と血の関係においてはどうであろうか。四節では、「鬼」と吸血鬼との共通点、相違点について確認する。

西洋の吸血鬼と比較するにあたって問題となるのは、『鬼滅』の「鬼」たちが吸血という行為を必要不可欠としているかどうかという点である。『鬼滅』第四話に「鬼」は「人間を殺して喰べる」[19]と書かれていることから、彼らが吸血のみを行っているわけではないことがわかる。肉や骨も喰うのだ。ではなぜ、「鬼」＝吸血鬼、と考えられるようになったのか。無惨に襲われた竈門家の人たちの遺体を見ると、出血こそ多いものの、いずれの身体にも大きく欠けた部分はなかった。そのため『鬼滅』の「鬼」による捕食行為があたかも吸血中心であるかのように見える[20]こともその要因であろう。

さらに『鬼滅の刃』刊行以前に吾峠呼世晴が発表した「過狩り狩り《かがりがり》」が吸血鬼の物語であったことも影響している。この作品には『鬼滅』にも登場する鬼の珠世と愈史郎《ゆしろう》、伝令役の鴉《カラス》、「悪鬼滅殺」と刻まれた日本刀が描かれるなど共通点が多く見られる。吾峠自身が「明治・大正時代あたりで和風のドラキュラを描こうとした」と述べていた[21]こともあって、『鬼滅の刃』でもこの吸血鬼という設定が踏襲されたのではないかと思われるようになった。

しかし、「過狩り狩り」ではよりはっきりと吸血鬼のモティーフが示されている一方で、『鬼滅の刃』では直接的に吸血鬼そのものを示す表現にはなっていなかった。『鬼滅』では「鬼」と吸血鬼との類似性は感じさせるようにはしつつ、既存の吸血鬼の定義をさらに超える設定を当初から組み込むつもりだったのではないか。実際「鬼」には西洋の吸血鬼の説明にはおさまりきらない要素が見られる。以降、それを検証していく。

◆血から得られる「鬼」のパワー

比較文化研究の那谷敏郎によると、「人間の生き血を吸って、自らの肉体条件を維持している魔物」は「全世界的に分布する」[22]という。西洋に限定されているわけではない。ただ、『鬼滅の刃』の「鬼」＝西洋の吸血鬼そのものではないにせよ、この「鬼」たちにも血を強く求めるエピソードが描かれていることから、『鬼滅』の中の血の意味を理解するため、ここで「鬼」に関連する主要な血のモティーフについて、表2に整理した。

ⅰ：無惨の血液量と比例する「鬼」の強さ
無惨がその血を与えると、「鬼」のパワーはその血液量に比例して増大するため、配下の者たちが無惨により多くの血を求める場面がある。

ⅱ：人間の肉を喰わない「鬼」の存在
「人間を喰わない」と決めている鬼の珠世と愈史郎は、人間を殺害して捕食する代わりに、医療的処置を経た上で、少量の血液を摂取して生活している。

ⅲ：「鬼」のパワーを増幅させる人間の「稀血」
「稀血」という希少な血液を持つ人間がおり、鬼は稀血の人間を食べることを好む。炭治郎たち鬼殺隊の剣士に仕える鎹《かすがい》烏《がらす》の説明によると「ソノ稀血一人デ　五十人‼　百人‼　人を喰ッタノト同ジクライノ栄養ガアル‼」「稀血ハ鬼ノ御馳走ダ‼　大好物ダ‼」とされている。

表2：『鬼滅の刃』の「鬼」たちと血

ここから考えるに『鬼滅の刃』において、人間の血液は単なる「食糧」の意味を超えていることは明らかである。「鬼」の血には特別な意味があるが、同時に、「鬼」に魔術的力を与える人の血にも隠された意味があることがわかる。

◆西洋の吸血鬼は血を吸うのか

そもそも吸血鬼に分類される西洋の魔物も「**吸血鬼**」という名の通り血を吸うのだろうか。本来の吸血鬼伝承に「血」はモティーフとしてどれだけストーリーに関与しているのか。吸血鬼の伝承研究者である平賀英一郎は、日本において「吸血鬼ドラキュラ」のイメージを定着させた作品として、イギリスの作家ブラム・ストーカーによる小説『ドラキュラ』がその最たるものであると述べている。[23] そして、ストーカーの『ドラキュラ』のモデルとなった一五世紀ワラキア公国のブラド三世（＝ドラキュラ公）、若い女の血を好んだハンガリーのバートリー伯爵夫人の影響などから、吸血鬼＝血を吸うものというイメージが定着するようになったことを指摘[24]しつつ、民俗学の資料や民間伝承において吸血鬼は必ずしも血を吸うわけではないことも明らかにしている。

死したのち墓処からふたたび肉体のまま現れて（亡霊〈亡魂〉でなく）、人々に、とりわけ近親者に害をなし、死にひきこむ死者であると定義できよう。その際血を吸うというモチーフは、たいへん印象的で重要な特徴だけども、必要条件でも十分条件でもない。[25]

西洋の吸血鬼のすべてが血を吸うわけではないというのは、日本語の「吸血鬼」という呼称からは意外性すら感じさせる指摘ではあるが、たしかに吸血鬼に関する先行研究をかえりみれば、むしろ「吸血」以外の要素で西洋の吸血鬼と『鬼滅』の「鬼」に共通点があることが次第にわかってくる。

◆西洋の吸血鬼と鬼舞辻無惨との共通点

吸血鬼研究において明らかになっているのは、吸血鬼とは①「生ける死体」であり、②墓所から復活した死者（＝葬送の場において蘇生した人物）で、③一般の人を襲い、④退治するためにはその肉体を「燃やす」のが有効である、ということ[26]である。これらの条件は鬼舞辻無惨が持っている「鬼」としての特徴とよく似ている。

無惨は不本意な形で、いったん周囲から「死んだもの」と判断され、火葬されそうになった過去があった。主治医以外には「生きたい」という無惨の意思に心を寄せる者はいなかった。のちに力を得た無惨は、自分自身の生が踏みにじられたことに復讐するかのごとく、みずからもまた周囲の人間の生命をかえりみることなく、次々と殺害していく。また、無惨の場合は西洋の吸血鬼のように炎で死滅させることは不可能であるが、代わりに太陽の光で「燃やすように消滅させる」ことができる。肉体が消失する弱点の表現[27]において共通していることもわかる。

五　『鬼滅の刃』の「鬼」と日本古来の鬼・死者

◆さまざまな種類の日本の鬼

吸血鬼との類似点と相違点につづいて、次は『鬼滅の刃』という作品で日本の古典的な魔物である「鬼」という名称が使用されたのはなぜか、という疑問について取り上げる。四節にも記した那谷によると、「鬼は、本来は中国思想にある概念で、〝卓越した存在〟を表す」[28]そうである。日本の鬼にもさまざまな種類があり、日本中世史の研究者である高橋昌明は「鬼といえば、牛の角をつけ、虎の皮を腰にまとう姿を思い浮かべるようになるのは、時代も降ってからで、中世以前の日本の鬼は、必ずしもこの姿を取らなかった」[29]としている。さらに「平安初期の『日本霊異記』では、冥界からの使を鬼と表記し、そのケ（気）が人間に漂着すると病にいたる」[30]と述べ、実体のないものの例を挙げるとともに、大江山で源頼光《みなもとのらいこう》に倒された鬼神（『大江山絵詞』）、その頼光四天王のひとりである渡辺綱《わたなべのつな》に腕を切り落とされた鬼（謡曲『羅生門』）など、現代に生きるわれわれがイメージする「怪物のような肉体を持つ鬼」についても事例[31]を挙げている。その他の日本の鬼の特性も確認しておこう。

(1) 人間に化けることができる鬼

『今昔物語集』の巻第二七の「於内裏松原《だいりのまつばらにして》鬼《おに》成人形《ひとのかたちとなりて》噉女語《おむなをくらふこと》第八」に登場する怪物化した鬼は人間を襲っている。この話は小松天皇の御代の八月一七日、月が異様に明るい夜に、松の木の下にいた男が女に声をかけどこかに連れて行ったが、その後に女のバラバラの手足だけが見つかったという話[32]である。鬼の出没譚には、行方不明になった人間、その人間の血痕や身体の一部が後から発見されるという話型が頻出する。この説話では、人の似姿に変身する実体化されたモノが鬼と呼ばれている。

(2) 人を恨む鬼・虚しい鬼

『宇治拾遺物語』巻一一の一〇「日蔵上人、吉野山にて鬼にあふ事」では、奈良県の吉野の山奥に出没した鬼の説話が語られている。その鬼は、肌は紺色で、赤い髪、膨らんだ腹、さらに胸の骨が角ばっており、首と脛が細いという異形の風体をしていた。この鬼は日蔵上人の前で涙を流し、自分が四、五百年もの間、人間に恨みを持ち続け、その人物だけでなく、その子どもも孫もやしゃ孫も、ひとり残らずとり殺してしまったと言った。しかし、悲願を果たしても死ぬこともできず、こんなことになるのであれば恨み続けることなどなかったと、後悔を示した。鬼はその後もひたすら泣き続けたが、やがて頭から炎が出て、そのままふたたび山の奥へと戻っていったそうだ[33]。人間の鬼化には、思いや恨みを果たさぬままに朽ち果ててはならぬという執念が関与していることがわかる。

◆説話文学における「死者」「鬼」のモティーフの共通点

前述の高橋による鬼の事例の解説を念頭に、これらを日本古典文学における「死者」にまつわる説話と比較してみたい。日本古来の鬼は、鬼神、人を不幸な死に至らしめる正体不明のモノなどバリエーションがいくつかあるのだが、注目すべきは「人間の鬼化」のエピソードである。この場合は、人間時代の恨みや願望など「人としての感情＝執着」が関わっているのが特徴的である。国文学者の馬場あき子は『鬼の研究』の中で、鬼の系譜を五つに分類しているのだが、ここにも一部に人間の感情との影響関係が見てとれるため抜粋する。

①日本民俗学上の鬼（祝福にくる祖霊や地霊）、②この系譜につらなる山人系の人々が道教や仏教をとり入れて修験道を創成したとき、組織的にも巨大な発達をとげていく山伏系の鬼、③仏教系の邪鬼、夜叉、羅刹の出没、地獄卒、牛頭、馬頭鬼、④人鬼系（放逐者・賤民・盗賊など）、⑤変身譚系（怨恨、憤怒、雪辱。さまざまな情念をエネルギーとして復讐を遂げるために鬼になったもの）(34)

日本文化学者の川村邦光は『弔いの文化史――日本人の鎮魂の形』において、死者の供養とは「人の脆くはかない身体や表象を媒体として、死者と交渉する営み」(35)であると述べているが、弔いも供養もうまくいかず、死者の執着が現世に残存すると、鬼と同じく魔物化する。そして、魔物化した死者は、現世に留まり続けるのだった。この特徴が、鬼の説話と死者の説話の共通要素になっていると考えられる。では、ここで具体例を確認する。

（1）帰ってくる死者

『宇治拾遺物語』巻三の一五「長門前司《ながとのぜんじ》の女《むすめ》葬送《そうそう》の時本所《ときほんじょ》に帰《かえ》る事《こと》」(36)では、一七、八歳ころの娘が亡くなり、弔いのために棺に入れられて鳥部野（葬送場所）に連れていかれたのだが、その遺体が何度も棺から出てきて、家の戸口のところへ戻ってきてしまうという事件があった。

（2）人間を恨む死者

『今昔物語集』の巻第二四の「人妻成悪霊除其害陰陽師語《ひとのめあくりょうとなりそのがいをのぞくおんみょうじのこと》第二十」(37)では、長年連れ添った夫と別れた妻が、孤独のうちに元夫を恨みながら亡くなる。それを聞いた元夫が陰陽師に相談すると、死んだ妻の遺骨の上に乗って、頭蓋骨の髪をつかんだままでいるようにと助言された。元夫が陰陽師の助言通りにして夜を過ごしていると、夜中になって妻の骨が動き出した。死んでいるはずの彼女は、元夫を探しに行くのだ、という言葉を口にすると、そのまま外に飛び出した。だが、自分の背中に乗っている元夫には気づかぬままだった。朝になって鶏が鳴くと、元妻は家に戻り、また動かなくなった。

このような事例は他にもあり、日本古典文学における「人間の鬼化」と「死者の魔物化」には、人としての感情と結びつく、共通性が見出せる。それは、人間に対する恨みや執念、現世に対する執着である。自分の短い寿命を嘆いた鬼舞辻無惨が「永遠の命」を欲し、この世に留まり続けようとする様子を思いおこさせる。

六　「鬼」と人間の血の作用

◆「感染」のモティーフと死者／「鬼」

ジークムント・フロイト Sigmund Freud（一八五六～一九三九年）は、『トーテムとタブー』*Totem und Tabu*（一九一三年）の「死者のタブー」の項目の中で、伝承研究者であるR・クラインパウル Rudolf Kleinpaul（一八四五～一九一八年）の研究を引用し、「死者とは人を殺すもの」「本来、死者はすべて吸血鬼なのであって、彼らはみな生者に恨みを抱いており、これに害を加え、その生命を奪おうと努めた」[38]と記している。

さらにフロイトは「われわれの知るごとく、死者とは強力な支配者である」とし、死者を伝染病になぞらえて「特殊な感染性をもつ」[39]ものと考えられてきたと述べていた。この恐ろしい「支配者」（＝死者）の名前は口にすることが避けられるのだが[40]、それは死者の名を口にすることで「死」が伝染してしまうからだ。『鬼滅の刃』でも鬼舞辻無惨の正体を口にしてはならぬという「言うなの禁」（＝伝承文学において使用される、課せられた秘密を人に話してはいけないという制約）の話があるが[41]、これも「鬼」による死の呪いを発動するという意味において、「感染性」を指し示すエピソードであるといえよう。

◆「青い彼岸花」の作用

『鬼滅の刃』では「鬼」と接触すること、すなわち「鬼」の血液が注入されることで、鬼化する。これはたしかに「感染」と呼んでもよい現象である。しかし、鬼化＝血液を媒介とした感染、つまり病の一種とするならば、「青い彼岸花」の薬とはいったいなんだったのか。感染とは病原体が体内で増殖し、病を発現することである。「平安時代の善良な医師」が行った治療は、鬼化の病原体をばら撒くような類のものだったのか。しかし、少なくとも病弱で死の間際にあった無惨は、この薬によって命を長らえさせることに成功している。「青い彼岸花」の薬がもたらした結果[42]がどのようなものだったのかを次に記す。

①「青い彼岸花」の薬の服用で、虚弱な体、病気、怪我などからの回復が見込める
②身体が怪物化（＝鬼化）し、人間の血肉しか食べることができなくなる
③藤の花の香りや成分が受けつけなくなる[43]
④太陽の光に当たると肉体が消滅する
⑤陽光のパワーを秘めた「日輪刀」で首を斬ると、太陽に当たった時と同じような現象が起きる（ただし、陽光よりは作用が小さい）
⑥身体部位を細かくしても、分裂した細胞がそれぞれに死滅しない条件さえそろえば、再生が可能である

「青い彼岸花」の薬効と鬼化にまつわる出来事で最大の問題点は、「鬼」たちが人間の血肉を欲するようになることである。「青い彼岸花」は薬としては身体を丈夫にするが、病のように凶暴性を増幅させる。『鬼滅の刃』の悲劇の発端

は、鬼化した者が他の人間を殺してしまうことにあり、彼らが人間を捕食対象としなければ鬼殺隊があれほど深い恨みを持って「鬼」を討伐しようとすることもなかったはずである。では「鬼」になった者たちはなぜ人間を襲ったのだろうか。この行為について物語上の意味から考える。

◆「鬼」が人間を喰うことの物語的な意味

『鬼滅』の「鬼」たちが人間を喰うのは、必ずしも「鬼」が残虐非道な生物だからというわけではない。彼らの「食人」の行為自体にも、また別の「病」と「薬」のイメージの投影が関連している。

菊地原洋平の『パラケルススと魔術的ルネサンス』という研究書の「ルネサンスの類似の概念と魔術的な空間」(44)の章にこのような記述がある。パラケルスス Paracelsus(一四九三/九四〜一五四一年)とは十六世紀に実在したといわれる医師であり、近代医学の発展に寄与したとともに、オカルティックな錬金術研究者としてもその名が知られた人物である。

パラケルススによれば、それぞれの病気にはそれらを退治する医薬があり、これは植物のなかに目にみえない効能や力として潜んでいる。それが「クインタ・エッセンティア」であった。よって、医師はこれを植物から抽出すればよい。彼が求めたのは、病気そのものに働く特効薬である。そのためには、どの植物にどのような効能がやどっているのかを知らなくてはならない。こうした植物の効能を探す方法が類似の思考であり、そのカギをにぎるのが「徴」signatura の教義である。(45)

具体的にその内容を示すと、たとえばブラスサテラ brassatella と呼ばれる植物は「その外観が蛇の頭と舌に似ていることから、蛇やそれに類する生き物のかみ傷あるいは外傷一般にたいして有効であるとされる」(46)と書かれている。つまり、特定の病を治すためには、そのイメージと一致するもの、似ているものを薬として服用するという医療的発想が現実世界においてもあったということだ。これはこの世のあらゆる事物が含有する象徴《シンボル》としての意味と合致する。

哲学者のスザンヌ・ランガー Susanne Katherina Langer（一八九五〜一九八五年）によると、「食べる者と食べられるものとの間にはもっと親密な結びつき——ないし同一化——が、認められる」[47]としていた。つまり「鬼」が人間を喰うことには、「鬼」たちが人間時代に自分のものとすることができなかった人間としての幸せ、すなわち自分の人生の「欠損」を埋めるための行為なのではないかという仮説が浮かび上がってくる。鬼による「人喰い」は、不幸の払拭のために行われる「同一化」を含有する。

七　おわりに——鬼舞辻無惨の願い

鬼舞辻無惨は「肉体は死ねば終わり」だと言い、「私が強く念じたことを必ず叶えてきた」と言った[48]。生まれる時に彼があれほどに生きるために「踠《もが》いた」のは、死が恐ろしかったからである。彼が「日の光でも死なない体になりたい」[49]と思ったのは、他の健康な人間たちと同じような、陰りのない生を求めたからである。しかし、無惨の願いは病による苦しみのせいで、人としての、生き物としての理《ことわり》を踏み外してしまった。永遠に生きたい、死にたくないという思いが肥大化する。アダプテーションとして二〇二二年に上演された「能狂言『鬼滅の刃』」では、鬼として生きる彼の悲哀を伝える、こんな言葉が加えられた。

「生きたい　生きたい　死にたくはなし」（鬼舞辻無惨／「能狂言『鬼滅の刃』」）[50]

「青い彼岸花」の薬を用いた、その呪術的で魔術的な治療には人間との同一化を果たすため、人間の血肉が必要だった。人の血肉は彼らが獲得しえなかった「人としての生」を象徴している。

ひとつの可能性として、無惨が自分に治療を施した「善良な医師」を癇癪の果てに殺害していなければ、「青い彼岸花の〈薬〉」は完成して、人間を喰う必要はなくなっていたかもしれない。しかし、実際には、無惨は医師を殺害し、治療は未完のまま終わってしまった。無惨と彼の細胞（＝「鬼」の血）から誕生した他の「鬼」たちも、人間の血を欲しつづけなくてはならない呪縛から逃れられなくなった。それはまるで永遠に治らぬ病のように。

ある時、鬼舞辻無惨は鬼殺隊の長である産屋敷耀哉《うぶやしきかがや》に向かって神仏はいないと笑いながら言った。それは自分がこれまでに神仏からの罰が下っていないという傲慢な言葉の中で発せられたものであったが、これは同時に、彼には生涯の中でただ一度も神的存在から救いがもたらされなかったことも意味している。

「私には何の天罰も下っていない　何百何千という人間を殺しても　私は許されている　この千年　神も仏も見たことがない」（鬼舞辻無惨／一六巻・第一三七話「不滅」[51]）

『鬼滅の刃』の世界では、登場人物たちがどのような不条理に直面している時でも、神も仏も登場しない。地獄の業火は目に見え、三途の川が目前にあらわれ、走馬灯、自分と関わりの深い死者が死の間際に声をかけてくるが、絶対的救済者は人間に何も語りかけない。「生きたい」「死の苦しみから救われたい」という、人としてあたり前の願いを口にした無惨を救ったのは、神的存在からの加護ではなく、人間が作った不完全な薬であり、それによってもたらされた鬼化という魔術的な力であった。しかし、人の血肉を必要とするこの魔術は、一瞬の力の増幅しかもたらさない。

のちに戦いの中で鬼舞辻無惨は「永遠」の本当の意味と、血の効用による鬼化という魔術的な力の限界を知ることになる。魔術とは人間の願いを少しの間だけ叶えてくれるもの、そして無限の力ではないことを、『鬼滅の刃』の物語は語っている。

【註】

（1）吾峠呼世晴『鬼滅の刃』（集英社、二〇一九年）一六巻、第一三七話。コミックス版の『鬼滅の刃』には、巻によって頁数表記がないものがあるため、頁数が明示されていない部分の引用箇所については話数までの表記とする。

（2）吾峠『鬼滅の刃』一巻（二〇一六年）、一七頁。

（3）先行研究や一般読者の間では、『鬼滅の刃』の鬼は「吸血鬼」と同種のものであるという意見が多数見られる。映画研究者の小川順子は「それに加え「鬼」とはいえ、「鬼滅」の鬼は人の血を欲する、日の光で焼け死ぬ、首を落とす（頭を狙う）ことで死ぬ、特別な刃（特製の武器）でのみ殺せるという特徴を持つ。つまり、ヴァンパイアでありゾンビなのだ。」（小川順子「視点　時代劇／時代もの再考――『鬼滅の刃』を一つのきっかけに」『日本映画学会報』六三号、日本映画学会、二〇二一年、三〇頁）としている。また、民俗学者の山崎敬子はインタビュー記事「『桃太郎』から『鬼滅の刃』まで。なぜ「鬼」が愛され続けるのか、民俗学研究者・山崎敬子に聞く」（メディアサイト「CINRA」、二〇二三年一月二三日配信。閲覧日二〇二三年一〇月三一日。https://www.cinra.net/article/202301-yamasakikeiko）において、「真新しさはありませんが、『鬼滅の刃』で特にいいなと思ったのは、鬼たちが吸血鬼でもあること。吸血鬼は西洋の存在ですが、『鬼滅の刃』の鬼には「夜しか活動できない」という日本の妖怪らしい設定もあるんですよね。」と解説している。いずれも『鬼滅』の「鬼」は「吸血鬼」としての特徴を含んだものとしてとらえていることがわかる。

（4）吾峠『鬼滅の刃』一巻（二〇一六年）一四―一五頁。

（5）吾峠『鬼滅の刃』一巻（二〇一六年）一五頁。

（6）吾峠『鬼滅の刃』一巻（二〇一六年）一五―一六頁。

（7）吾峠『鬼滅の刃』一巻（二〇一六年）一六頁。

（8）最終巻のラストシーンは「ただひたすら　平和な　何の変哲もない日々が　いつまでも　いつまでも　続きますように」という言葉で終わっており、炭治郎たちの願いはあくまでも誰の生命も脅かされない普通で平凡な日々の生活であることがわかる。『鬼滅の刃』二三巻（二〇二〇年）第二〇四話。

（9）吾峠『鬼滅の刃』一巻（二〇一六年）一六頁。

（10）吾峠『鬼滅の刃』一巻（二〇一六年）一九頁。

(11) 冨岡義勇と鱗滝左近次は「水の呼吸」を極めており、「水柱《みずばしら》」と呼ばれている。呼吸には「岩の呼吸」「風の呼吸」「恋の呼吸」などがあり、それぞれに「柱《はしら》」と呼ばれる実力者がいる。
(12) 吾峠『鬼滅の刃』一巻（二〇一六年）三六頁。
(13) 吾峠『鬼滅の刃』一巻（二〇一六年）五三頁。
(14) 吾峠『鬼滅の刃』二巻（二〇一六年）第一一話。
(15) 吾峠『鬼滅の刃』二巻（二〇一六年）第一〇話。
(16) 吾峠『鬼滅の刃』二三巻（二〇二〇年）第二〇一話。
(17) この薬は無惨の主治医であった「平安時代の善良な医者」によって作られた。現実世界において、二〇二四年九月現在、日本国内の品種で青色の彼岸花は発見されていない。
(18)『鬼滅の刃』一五巻（二〇一九年）第一二七話。キャラクターのセリフではなく、話中の説明文の部分。
(19) 吾峠『鬼滅の刃』一巻（二〇一六年）一一三頁。
(20) 鬼舞辻無惨による竈門家の襲撃は「食事」のためではなく、新たに人間を鬼化させることを目的としていた。
(21) 吾峠呼世晴『吾峠呼世晴短編集』（集英社、二〇一九年）。「過狩り狩り」の最終頁の後に補足された吾峠による解説部分参照。
(22) 那谷俊郎『「魔」の世界』（講談社学術文庫、二〇〇三年）五五頁。
(23) 平賀英一郎『吸血鬼伝承　「生ける死体」の民俗学』（中公新書、二〇〇〇年）ⅰ頁。
(24) 平賀『吸血鬼伝承　「生ける死体」の民俗学』五頁。
(25) 平賀『吸血鬼伝承　「生ける死体」の民俗学』一六－一七頁。
(26) 平賀『吸血鬼伝承　「生ける死体」の民俗学』一六－一九頁。
(27) 無惨たち「鬼」には、たしかに吸血鬼と類似点があるが、『鬼滅』においては医師が作った薬による影響で魔物化しているため、その点が大きく異なる。医療行為、科学的な実験によって死体が蘇る物語で著名なものは、イギリスのメアリー・ウルストンクラフト・シェリーによるゴシック小説『フランケンシュタイン――現代のプロメテウス』（一八一八年）がある。
(28) 那谷『「魔」の世界』一八頁。

（29）高橋昌明『酒呑童子の誕生　もうひとつの日本文化』（中公文庫、二〇〇五年）一四―一五頁。
（30）高橋『酒呑童子の誕生　もうひとつの日本文化』一五頁。
（31）高橋『酒呑童子の誕生　もうひとつの日本文化』一四頁。
（32）日本古典文学全集『今昔物語集　四』（小学館、一九七六年）四〇―四二頁参照。
（33）日本古典文学全集『宇治拾遺物語』（小学館、一九七三年）三七八―三七九頁参照。
（34）馬場あき子『鬼の研究』（ちくま文庫、一九八八年）一四頁参照。
（35）川村邦光『弔いの文化史――日本人の鎮魂の形』（中公新書、二〇一五年）二八三頁。
（36）日本古典文学全集『宇治拾遺物語』一五五―一五八頁。
（37）新潮日本古典文学集成『今昔物語集　本朝世俗部二』（新潮社、一九七八年）一六一―一六四頁。
（38）ジークムント・フロイト、高橋義孝訳『フロイト著作集　第三巻』（人文書院、一九八二年）の『トーテムとタブー』から、一九八頁。ルドルフ・クラインパウル『民間信仰・宗教および伝説における生者と死者』（一八九八年）が参考文献として挙げられている。
（39）フロイト『フロイト著作集　第三巻』一九二頁。
（40）フロイト『フロイト著作集　第三巻』一九五頁。
（41）吾峠『鬼滅の刃』三巻（二〇一六年）第一八話。
（42）なお、作中でこの薬を服用した人物は鬼舞辻無惨のみであるため、他の人物にも同じような作用が出るのかは不明である。
（43）無惨については、藤の花の香り、成分がどれくらい有効に働くかは不明。童磨など、上位の鬼にはそれほど効果がなかったことから、ある程度しか効かないものと思われる。
（44）菊地原洋平『パラケルススと魔術的ルネサンス』（勁草書房、二〇一三年）、「ルネサンスの類似の概念と魔術的な空間」は第六章に該当する。
（45）菊地原『パラケルススと魔術的ルネサンス』二二〇頁
（46）菊地原『パラケルススと魔術的ルネサンス』二二二―二二三頁
（47）S・K・ランガー、塚本明子訳『シンボルの哲学――理性、祭礼、芸術のシンボル試論』（岩波文庫、二〇二〇年）、三〇七

―二〇八頁。

(48) 吾峠『鬼滅の刃』二三巻(二〇二〇年)第二〇一話。

(49) 吾峠『鬼滅の刃』一五巻(二〇一九年)第一二七話。

(50)『能狂言『鬼滅の刃』公式パンフレット』(二〇二二年)木ノ下裕一による補綴「切能・新作能「累」」、一九頁。鬼舞辻無惨役の野村萬斎によるこのセリフは、原作のマンガ『鬼滅の刃』にはないものだった。しかし、無惨の「鬼」としての悲嘆、人間としての苦しみが表現された言葉であった。なお、この内容は、野上記念法政大学能楽研究所による二〇二三年度研究助成「能楽演目とポップカルチャーとの相互影響に関する研究」(研究代表:植朗子)の研究成果に関連するものである。

(51) 吾峠『鬼滅の刃』一六巻(二〇一九年)第一三七話。

※引用部の傍線はすべて引用者による。

＊本研究は野上記念法政大学能楽研究所の研究助成(二〇二三―二〇二四年度)を受けたものです。

＊本研究は神戸大学国際文化学研究推進インスティテュート(Ｐｒｏｍｉｓ)の研究助成(二〇二四年度)を受けたものです。

『鬼滅の刃』については、作田裕史氏と小池利彦氏と意見交換を行い、ご助言をいただきましたこと、心から感謝申し上げます。また、明治大学の植田麦先生にもご助言をいただき、深くお礼申し上げます。

コラム①

「法ごと」の消長
――佐々木喜善の「魔法」をめぐって――

渡 勇輝

はじめに

佐々木喜善《きぜん》(一八八六(明治一九)~一九三三(昭和八))は、『遠野物語』の話者として今日にひろく知られている人物である。しかし、佐々木が明治の文壇における気鋭の小説家であったことや、卜占や霊術への傾倒から、晩年には大本教に接近したことまでは、あまり触れられることがない。これらは、一般的に知られているような、遠野の素朴な語り部という佐々木のイメージからはかけ離れたものであるが、それは『遠野物語』に記された柳田国男による序文によって印象づけられた一面でしかない。

このような佐々木の霊的世界へのひろがりを開拓した先駆的な研究として、横山茂雄の研究があげられる(1)。横山は、柳田や水野葉舟との関わりのなかから、当時の文壇における西洋文学や心霊研究の潮流をとらえて、文学者としての成功を夢見て苦難する佐々木の内面と「霊媒」の資質を読み取っている。

こうした佐々木の多面的な姿が、すぐれて統合的に、そして感傷的なかたちであらわれているのが、本コラムで取り上げる佐々木の小説「魔法」である。恋愛を成就させたいと願う主人公の勘吉は、祖母が使っていた「魔法」を覚えようと試み、やがて歪んだかたちでそれを行使することになる。

大塚英志は、この小説「魔法」に注目して、佐々木の「宗教的混迷」と主体性の欠如を浮き彫りにする一方、これを「一種の成巫式、巫女となるためのイニシエーションの物語」として読めることを指摘している。[2] 近代に失われつつある祖母の「魔法」を継ぐものとして描かれる小説「魔法」について、大塚は「魔法使いの孫」という明快なタイトルでこれを取り上げる。

本コラムが「文学と魔術の饗宴」として注目したいのは、この小説「魔法」が佐々木の机上の産物ではなく、近縁の宗教者との関わりのなかに、その想像力の源泉が求められることである。すなわち、『遠野物語』には、佐々木の祖母の姉にあたる「おひで」という老女が「魔法」に優れていたことが記録されており、ここに小説「魔法」は、佐々木の体験と願望の交錯として現出する。

斎藤英喜は、『遠野物語』にみえる佐々木の特殊な来歴を誇る「語り」に注目し、佐々木自身も「シャーマニックな資質の持主」であったことを指摘している。[3] 本コラムでは、これらの先行研究を踏まえつつ、小説「魔法」にみえる「法ごと」という「魔法」に注目することで、佐々木が描こうとした「魔術」を『遠野物語』の記述と重ねてとらえてみたい。

一　小説「魔法」

小説「魔法」は、一九一九年（大正八）の『雄弁』一二月号に掲載された佐々木の小説である。小説家として伸び悩び、民譚収集を進めていた佐々木だったが、同年八月には「藤村、花袋の小説に殆感心す。文学棄てられず」と日記に記述している。また、このころ佐々木は柳田を通して啓明会に支援を依頼しようとしていたが、その交渉は難航し、結果として採用に至ることはなかった(4)。

このような、思い通りにならないという佐々木の鬱屈とした心情が、小説「魔法」の冒頭にはよくあらわれている。主人公である勘吉は、村はずれのくるみ林をぶらぶらと歩きながら、次のように考える。

さうだ。若しも俺が翠さんのやうに、物持ちの家にでも生れて来たのだつたら、何もこんなに恥かしい思ひや悲しい思ひをしないでいいんだのに……此の世の中の不自由なことをも、辛苦な目をも知らずに済むのだのに……何故俺はあんな貧乏家に生れて来たんだらうなあ。俺はもう一層のこと此の世なぞには生れて来ない方がよかつたかも知れない……(5)

翠とは、村の小地主の息子である。なおも勘吉の煩悶は止まらない。「何故に俺はこんなに不幸《ふしあはせ》であらう」、「俺の思ふことが何ひとつ成就することがむづかしい……」(二三〇頁)。そして、ひそかに思いを寄せるお恵美に思考が及んだとき、勘吉はにわかに思いついて、「俺は魔法をおぼえるんだ。魔法を!」(二三一頁)と叫んだ。美しい鳥になってお恵美のところまで行き、「俺はあの人に魔法をかけて、毎夜毎夜俺のことを夢に見させてやらう。さうすると彼の人は俺のところを必度好きになるにちがひない…」(二三二頁)というのである。

二　古の巫女たち

勘吉の思いついた「魔法」とは、完全な空想に立脚するものではない。なぜなら、勘吉の祖母は、この村ではよく知られた「古い巫女」であり、「不思議な力」を使ってきたからである。

彼女の妖術はよく奇怪なことをなし得る魔力を持つてゐた。そして彼女は若い時から、いろいろな人間の生活の秘密を取り扱つて、其の帰納する奥底をもちやんと知つてゐるやうに見えた。死人に物を言はせたり、生霊の絶望を光りの方へ蘇生《よみがへ》らせ導いたりした。彼女から観た数多の人生は真実底の知れない夢魔の世界で、しかしそれは直ちに彼女自身の生涯にも当てはめられた重い重い負債である。やつぱり不幸な人間として帰往すべき軌範を脱することが能はない。（二三二頁）

ここには、村人から頼られると同時に村落から孤立するという、共同体における宗教者の両義的な性格がよく示されている。(6) 勘吉の不幸は、尽きるところ「魔力」をもった家系の「重い重い負債」のめぐり合わせであることが示唆される。そして、いまやそのような「老婆は全く世の中から忘れられてしまった」のであり、「此頃は誰一人村の人は彼女にまじなひを頼みに来る者もない」という有り様であった（二三二頁）。

このような祖母のモデルの一人は、『遠野物語』の六九に記述される「おひで」という老女である。「おひで」は「八十を超えて今も達者なり。佐々木氏の祖母の姉なり。魔法に長じたり。まじなひにて蛇を殺し、木に止れる鳥を落しなどするを佐々木君はよく見せてもらひたり」(7) とあり、「魔法に長じ」ていたことが記されている。小説「魔法」にも、祖母は「草叢から現はれた一疋の蛇を呪文を唱へて殺した」（二三三頁）とみえる。

しかし、勘吉の祖母のモデルは、佐々木の近縁にあたる「おひで」だけではない。小説「魔法」の祖母が語るところを聞こう。

このお祖母さんの法ごととは、十三郷きつての巫女どものお頭の若宮のお市巫女といふ偉え婆さまからの直伝だぞよ。おらはお市婆さまの一番弟子でな、なんでもかんでも法ごとの奥儀はことごとく許されてゐるのだぞよ。それだからおらの若い時にや、日高日《ひたかめ》の上手な巫女とも、うつくしいお峯巫女とも言ひはやされたもんぞえなあ。（二二八～二二九頁）

祖母が使う「法ごと」とは、「十三郷」という遠野がモデルと思われる場所の優れた「お市巫女」からの直伝であるという。佐々木が一九二七年（昭和二）に刊行した『老媼夜譚《ろうおうやたん》』には、辷石谷江《はねいしたにえ》という老女が語った話が採録されているが、谷江はこれらの話を「祖母のお市といふ婆様」から聴いたとある。(8)

ほかにも『老媼夜譚』によれば、谷江の話の出所は「ブゾドの婆様」「シンニヤのおみよ婆様」「横崖《よこがけ》のさのせ婆様」「大同のお秀婆様」など、「何れも皆今は亡き人々」である遠野の老女たちである。「大同のお秀婆様」とは先述した「おひで」のことであり、佐々木は続けて「大同の婆様は巫女婆様と謂はれた人で、私にいろいろな呪詛の文句や伝説等を聴かしてくれた」と述懐している。

谷江と「おひで」は、『遠野物語』の七一にも、その名を留めている。

此話をしたる老女〔おひで〕は熱心なる念仏者なれど、世の常の念仏者とは様《サマ》かはり、一種邪宗らしき信仰あり。信者に道を伝ふることはあれども、互に厳重なる秘密を守り、其作法に就きては親にも子にも聊かたりとも知らしめず。又寺とも僧とも少しも関係はなくて、在家の者のみの集りなり。其人の数も多からず。辷石たにえと云ふ婦人などは同じ仲間なり。阿弥陀仏の斎日には、夜中人の静まるを待ちて会合し、隠れたる室にて祈禱す。魔法まじなひを善くする故に、郷党に対して一種の権威あり。（遠野物語、三五頁）

ここで「おひで」と「たにえ」は、「常の念仏者」とは異なる「一種邪宗らしき信仰」をもった人々であることが明かされ、郷里で一目置かれた存在であったことが記される。佐々木が一九三一年（昭和六）に刊行した『聴耳草紙《ききみみぞうし》』の一一五番の注釈には、「お秀婆様」から「多くの呪詛の文句やカクシ念仏の話を聴かされた」(9)とあり、それはまさしく隠し念仏、秘事念仏の秘法だったのである。

小説「魔法」にみえる「お峯巫女」と呼ばれた祖母の直接のモデルは谷江だが、その背後には、かつて遠野に存在した多くの老女たちの姿があった。明治期の『遠野物語』から昭和期の『老媼夜譚』に至るまで、遠野から「魔法」を知るものがいなくなっていく過程に、大正期の小説「魔法」は位置しているのである。

しかし、小説「魔法」は単なるノスタルジックな昔語りの文学ではない。勘吉が求める「魔法」は、シャーマニックな世界を開いていく。

三　翠い鳥を求めて

小説「魔法」で注目されるのは、随所に鳥の描写がみえることである。勘吉は鳥になりたがるが、天に手を伸ばしても鳥たちは「ばつと飛び立つ」（二三二頁）てしまう。鳥は勘吉に向かって「なにをお前は愚かなことを考へてるのだ」（二三三頁）と嘲り鳴くが、それでも勘吉は諦めない。見よう見まねで祖母の「法ごと」を実践しようとし、そこで唱えた「鳥寄せの術」は「偶然かそれとも魔法の力でか」（二三三頁）、鳥を飛び移らせることに成功した。これに勘吉は大いに自信をもち、両手を叩いて鳥を追い回した。

ある日、勘吉は翠に鳥寄せの「魔法」を披露する。翠はこれを見て驚き、勘吉から「魔法」を教えてもらおうと意気投合するが、頼られたことに気をよくした勘吉は、「異状な興奮のために前後不覚」となり、「懐中からマッチを取り出して枯草に火を放つた」（二三九頁）。その結果、火は瞬く間に辺りを焦がして、二人が逃げ惑ううちに翠は衣服に火が移って焼け死んでしまう。勘吉は渓流に身を任せて一命を取り留めるが、頭を強く打ちつけて右耳が聴こえなくなってしまった。

勘吉の不幸は続く。それから勘吉は、お恵美の家に奉公に出ることとなり、お恵美と接近する機会をもつが、ついにお恵美は振り向かない。それどころか、奉公先の女中頭であるお鶴に「土竜《もぐらもち》」（二四六頁）と呼ばれて虐げられてしまう。

すっかり絶望した勘吉は、「死んだなら、憂ひも辛苦も一緒に消え滅びてしまふだらうか」（二五〇頁）という心境のなかで、どこからか飛んできた時鳥《ほととぎす》と出会う。勘吉は、その時鳥に翠の霊魂を感じ、長大な懺悔を翠に述べたところ、時鳥は「本願かけたか！　本願かけたか？　ほんぐわんかけたか！」（二五一頁）と啼いて飛び去っていった。

翠の霊魂と出会う場面は、すでに夢か現かもさだかではない。もう一度お恵美に会いたいと願った勘吉は、お鶴が全ての元凶であったと確信し、主人の家に火を放ってお恵美を救い出す夢を見る。ふたたび目覚めた勘吉は、夢のままにマッチで主人の家に火を放ったところで物語は閉じられている。

鳥を求め、幸福になることを夢見た勘吉は、翠という青い鳥に出会いなおすことで本願をたてる。このようにみると、同時代の作品としては、メーテルリンクの『青い鳥』を彷彿とさせるような概略だが、隣人愛に満ちた『青い鳥』に対して、小説「魔法」は欲望に満ちた物語として描かれている。メーテルリンクは、同時代に世界的な神秘学者として知られており、佐々木の小説「魔法」のモチーフは、ゆるやかに西洋の神秘主義の世界へと開かれている。鳥と会話し、身体を負傷し、他界と交渉するという勘吉の体験の過程は、巫病を思わせるものである。その一方で、時鳥の「本願かけたか」という鳴き声は、『遠野物語』の五三に記述されたエピソードが興味深い。

郭公《カッコウ》と時鳥《ホト、ギス》とは昔有りし姉妹《アネイモト》なり。郭公は姉なるがある時芋を掘りて焼き、そのまはりの堅き所を自ら食ひ、中の軟かなる所を妹に与へたりしを、妹は姉の食ふ分は一層旨かるべしと想ひて、庖丁にて其姉を殺せしに、忽ちに鳥となり、ガンコ、ガンコと啼きて飛び去りぬ。ガンコは方言にて堅い所と云ふことなり。妹さてはよき所をのみおのれに呉れしなりけりと思ひ、悔恨に堪へず、やがて又これも鳥になりて庖丁かけたと啼きたりと云ふ。遠野にては時鳥のことを庖丁かけと呼ぶ。（遠野物語、二八頁）

遠野において時鳥は「悔恨」の象徴であり、「本願かけたか」の鳴き声は「ガンコ」や「庖丁かけた」という遠野の音感に由来するものである。小説「魔法」は、遠野の民潭に基盤を成しつつ、神秘主義の世界にひろがりをもつものであった。

四　廃法に立つ鳥

それでは、勘吉がシャーマンとして成巫できたのかといえば、物語は簡単な結末を許していない。そもそも勘吉の祖母が「お前が女子であつたらよかつたども」（二二九頁）と語っているように、「法ごと」の継承は女性のみと認識されていた。「お市婆さま」からの「直伝」で受け継がれていた祖母の「法ごと」は、勘吉にあっては、昔日の記憶を頼りにひとり「水垢離」による「法ごとの修業」（二三二頁）をするしかなかったのである。

一方で、勘吉が唱える「法ごと」は、翠の霊魂との対面を経て変化する。生前の翠にみせた鳥寄せの術は、「いつか祖母から教つたことがある秘密真言の呪言《まじなひごと》を思ひ出して」言ったものであり、「おんばらば！　おん、はあ、ばばあや、そわか！」というでたらめな文句に過ぎなかったが（二三九頁）、終幕に奉公先の家に火をつける段階では「をんばらば！　をん、ぎやくうんそわか！」（二五六頁）と、歓喜天の真言に近いものが発せられる。ここには、佐々木が「おひで」から教わったという「呪詛の文句」の一端が垣間見えて興味深いが、その呪文が成功したかどうかは作中で触れられない。

さらに、勘吉は夢のなかで、翠の死因がお鶴にあったことを確信する。「お鶴は何かの死霊に告げごとをして、翠さんをあんな風にしたのだと思はれる」と信じ、勘吉は「汝《うぬ》がそんな廃法を使ふなら、俺だつて秘法秘術をつくして、仕返しをしてやるぞ！はやく、はやく火をつけて此の死霊も、死霊の影に潜んでゐるらしい（屹度居る、）お鶴の悪女をも早く焼き殺さなくてはならない」と息巻く（二五四頁）。ここに呪詛合戦の様相があらわされ、勘吉は自らが起こした火の「魔法」のなかで、お恵美を救済することが使命であると認識していくのである。

しかし、終幕の場面には、暗澹とした未来が予示されているように思われる。「勘吉は火花に類した未来の希望と幸福と彼女の微笑とが、真赤な光りとなつて四辺に飛び散らけてゆくのに面接しつゝ、其所に山と積つてゐる乾草にばつと火をつけた。（終）」（二五六頁）。結末で火をつけたときの「ばつ」という音は、かつて勘吉が天に手を伸ばしたときに、鳥たちが飛び立っていく音であった。

おわりに

小説「魔法」は、完結した作品としては、佐々木にとって最長で最後の小説となるものである。その評価は同時代においても後世においても、決して高かったとはいえないが、これを佐々木自身の宗教的な問題として考えたとき、多くの示唆を与えてくれる。

祖母から正しく「法ごと」を継承できなかった勘吉には、「おひで」から「呪詛の文句やカクシ念仏」を伝え聞いたという佐々木そのものの興味が示されている。佐々木はその後、秘事念仏を主要な研究テーマとして、一九三一年（昭和六）には「奥州地方に於ける特殊信仰――隠し念仏に就て」を仕上げている。

その一方で、佐々木は一九二七年（昭和二）に神職の資格を獲得する。また、一九二八年（昭和三）には大本教の鎮魂法を知り、翌年に綾部で修業を行って自宅に神を迎えた。晩年の宮沢賢治との交流も含めて、これらは佐々木にとって、完全なる「魔法」を知るための遍歴であったともいえるだろう。遠野の素朴な語り部として知られた人物の深層は、いまだ厚いヴェールに包まれているのである。

【註】

（1）水野葉舟著、横山茂雄編『遠野物語の周辺』（国書刊行会、二〇〇一年）。
（2）大塚英志「魔法使いの孫」『怪談前後――柳田民俗学と自然主義』（角川選書、二〇〇七年）二九九頁。
（3）斎藤英喜「折口信夫は『遠野物語』をいかに読んだのか――「先生の学問」、あるいは平田篤胤・宮地厳夫・心霊研究」『現代思想　遠野物語を読む』（二〇二二年七月臨時増刊号）二八六頁。

(4)佐々木の事績は、鈴木修『令和版　佐々木喜善年譜』(ツーワンライフ出版、二〇二三年)を参考にした。
(5)佐々木喜善「魔法」『佐々木喜善全集(Ⅱ)』(遠野市立博物館、一九八七年)二二六頁。以下、「魔法」からの引用は、本文中に頁数のみを記す。
(6)共同体内における特殊な家筋に対する観念については、小松和彦『異人論』(ちくま学芸文庫、一九九五年)を参照。
(7)柳田国男「遠野物語」『柳田國男全集』第二巻(筑摩書房、一九九七年)三四頁。以下、『遠野物語』からの引用は、本文中に(遠野物語、頁数)と記す。
(8)佐々木喜善「老媼夜譚」『佐々木喜善全集(Ⅰ)』(遠野市立博物館、一九八六年)二四六頁。
(9)佐々木喜善「聴耳草紙」『佐々木喜善全集(Ⅰ)』(遠野市立博物館、一九八六年)五三一頁。

コラム②

虚構の中で魔術を使う

芦花公園

私は芦花公園という筆名でホラーに分類される作品を執筆している。珍妙な筆名から想像がつくかもしれないが、残念ながらこの本の他の執筆陣のような学術的な専門性は皆無と断言できる。そんな私が寄稿するに至ったのは、編者である斎藤英喜先生にお声がけいただいたからだ。

斎藤先生と繋がりができたきっかけとしては、先生の教え子の方が、拙著『異端の祝祭』を先生に紹介して下さったことである。何故紹介して下さったのかといえば、斎藤先生をモデルにした民俗学者の斎藤晴彦教授というキャラクターが登場するからだろう。(斎藤晴彦は本家斎藤先生とは全く違い幼稚で自分の興味のあること以外を蔑ろにする性格だ。「こういったことに詳しいと言えば斎藤先生だな」という短絡的な考えから名前をつけただけなのだが、失礼な意図があると思われたらどうしよう、と私は焦った。斎藤先生は広い心で赦して下さり、以降、私は自著が出るたびに送らせていただいている。)そして、斎藤先生の教え子の方がなぜ「斎藤」というありふれた苗字から先生に結び付けたのかも推測できる。参考図書に斎藤先生のご高著である『いざなぎ流　祭文と儀礼』があるからだ。

『異端の祝祭』のキャラクターである物部はいざなぎ流をモチーフにした民俗信仰を持つ霊能者、という設定だ。『い

ざなぎ流　祭文と儀礼』は、物部が魔物を調伏するとき、あるいは霊魂を鎮めるときに使う呪文の参考にさせていただいた。

このように、私の作品には魔術および呪術（英語に訳せば両方ともMagicである）が平然と登場する。これは近年の流行などではなく、古今東西、ホラー作品には必ずと言っていいほど魔術が出て来た。

そういうわけで、作家としてのキャリアは浅いが、このエッセイでは、ホラー小説において、魔術を登場させるにはどういうことをしているか、ということを書いていきたいと思う。

魔術の定義というのがそもそも難しいのだが、超現実的な力を使うための術式であると私は思っている。

超現実的で非科学的かもしれないが、術式なので、魔術は一定の合理性を要求される。つまり、魔術が成立するためにはきちんと術式を系統だてて考え、実行する集団が必要だ。

私が浅学なだけかもしれないが、何も参考にせず、一から、たった一人で魔術を考え、実行している人間は虚構の中においても見たことがない。誰にも支持されず、従って誰からも超現実的な力が使えると信じられていないのだ。これでは、術者自身もその力を信じられないだろう。そんなものは、魔術ではなく孤独な奇行だ。

現実世界で魔術を行う集団を見付けるのはなかなか難しい。

現代では科学が魔術より信じられており、魔術は迷信として一段下に存在している、というのは大前提だ。

さらに、現代的な感覚で言えば迷信じみた集団がいたとして、彼らが真に魔術を使おうとしているかというと疑わしい。

魔術とは、支配的なものである。能動的に今の状況を変えようとするものだ。迷信じみた集団のほとんどは神であるとか、悪魔であるとか、あるいは怪しげな人間を信じていて、それに従属的に帰依し、状況を変えてもらおうと祈ったりしている場合がほとんどだろう。

一方、虚構の世界では当たり前だがそういった集団を作るのは現実に比べて容易い。現実と違って一から集団を作る必要はなく（読者たちが集団と言える）、言葉で以て作品内に魔術が実行される土壌を形成すればいいだけだ。

一番有名なのはスティーヴン・キングが創造したキャッスルロックという土地だと思う。『デッド・ゾーン』『クージョ』『スタンド・バイ・ミー』などの舞台になっている架空の町だ。キャッスルロックは陰鬱な雰囲気の田舎町で、不可解で陰惨な事件ばかりが起こる。キャッスルロックの住人達には、超現実的な力を信じる土壌があり(目の前で起こっているから信じざるを得ないのかもしれない)、そのうちの何人かは魔術を使っている。魔術を使っても、たいていの場合は良くない変化しか起きず、そこからストーリーが展開していくのだ。

スティーヴン・キングほど上手くはやれないだろうが、陰気な土地と、そこに住むなんだか様子のおかしい人間たち、というのは比較的イメージしやすいものであるし、誰でも作れるだろう。

土壌を作ったら次は術師を作ることになる。

ホラー小説にはトラブルのタネが必要である。

もし登場人物全員が善人で、特に大きな困りごともなく、日々を質素に、そして堅実に過ごしていた場合、そこには超現実的な何かの立ち入る隙は無い。

だからシチュエーションとしては、なんらかの不幸があった方が良い。

そして不幸に遭いやすいのは現実でも虚構でも変わらず、弱い者たちである。

不幸な目に遭った弱い者たちは吾身を取り巻く環境を変えようと思うだろう。術者として最適だ。

私が頻繁に術者として設定するのは子供だ。特に、十代前半が望ましい。

あまりにも低年齢だと、必ず周りには大人がいて(いないととても不自然でリアリティを損なう)、不幸な環境を自分でどうにかしようという状況にならない。そもそも、知能が未発達だから、術式を理解できる段階にないかもしれない。

例えば、イジメに遭っている中学生が、イジメを行った相手に復讐しようと考え、なんらかの魔術を使う、というストーリーは、ありふれているが、とても書きやすく普遍的なものだと思う。

さて、肝心の術式——つまり、魔術そのものだが、ここからが腕の見せ所という感じがある。

先述した通り、作家が超現実的な力を信じさせなければいけない集団は読者なので、魔術に説得力がないといけない。

一番簡単な方法は現実で実際に行われている魔術をそのまま使うことだ。

日本で有名なのは丑の刻参りだが、人型を憎い相手に見立てて攻撃し、本体にも影響を与えようとする魔術は世界中にいくつもある。いくつもあるということは、よく知られているということでもあるから、集団に力を信じさせるのにはとても有効だ。拙著でもいざなぎ流の塚起こし儀礼をほぼそのまま使わせていただいている。

そのまま使う手法には欠点もあって、よく知られているからこそ、現代社会では「あくまで虚構である」と考える人も多いということだ。もちろん今でも迷信深い人、信心深い人はいて、本気で丑の刻参りをすれば相手が傷付いて死ぬと思っているだろうが、ほとんどの人はそれが負の感情を発散させる、いわば気休め的なものだと分かっている。

その欠点を補うのが実際にある魔術を少しアレンジする手法である。

私の作品は、全てではないが、キリスト教的要素が入っている。私自身がカトリックのクリスチャンであるから、モチーフに馴染みがあり、使いやすい。また、聖書の言葉は難解で、ともすると恐ろしい言い回しも多いため、ホラーに向いていると思うのだ。

ただ、聖書はホラーの題材に向いていると言ってしまうような人間であっても、一応は信者なので、聖書の言葉をそのまま引用して呪文にするのは抵抗感がある。さらに、日本で聖書をそのまま引用すると、ゲーム文化もあって、ホラーというよりはファンタジーと捉えられてしまい、恐怖感が損なわれる場合がほとんどだ。（余談だが、そのまま引用しても恐怖感を全く損なっていない作品も存在する。小説ではないが、映画『哭声《コクソン》』では、國村隼演じる謎の男が発する言葉は全てキリストの言葉そのものである。作中で彼の行動は怪しく悍ましいので、そんな男が話すのがキリストの言葉、というところが何とも恐ろしい。）

実際に例を出してみようと思う。

ガダラの豚(1)、という有名な逸話がある。

マタイによる福音書に書いてあるのだが、あるとき、イエスがガリラヤ湖を横断し、新しい土地に行くことを提案する。向こう岸にあったのは、ガダラ人の住む土地だった。着いた途端、悪霊にとりつかれた人間が二人、墓場から出て来て、イエスのところにやってくる。二人にとりついているのは非常に凶悪な悪霊だった。とりつかれた二人も凶暴で、あまりにも暴れるから人々は側を通れないほどだった。その悪霊が何をしにイエスの前に現れたかというと、悪霊はイエスのことを神の子として認めており、自分が祓われてしまうという危機感を持っていた。そこで悪霊は、どうか何もしないでくれと懇願しにきたという。さらに悪霊はイエスに向かって、はるかかなたで餌を漁る豚を指さし、「我々を追い出すのなら、あの豚の中にやってくれ」と頼む。イエスはただ一言「行け」と言った。悪霊は二人から抜け出て、豚の群れに乗り移った。すると、豚の群れはみな崖を下って湖になだれ込み、溺れ死んでしまったのだ。この事件は瞬く間に土地中に広まり、ガダラ人はイエスに出ていくように頼んだ。

これはイエスが悪魔祓いをしたシーンだ。

この「悪魔を豚に乗り移らせてから豚を溺死させると悪魔が死に絶える」、という部分——日本人にとっての豚の印象は汚いとか臭いとか肥っているとかそういうネガティブなものがあるから、そのまま使ってもそこそこ面白いかもしれない。しかし、少しアレンジして、豚を箱とか人形とか人間とかに変える。

こうすると、この魔術は聖書の逸話そのものである、と読者が感じることはないだろうし、それでいてなんとなく説得力も担保されている。

ただ、やはりこの手法でも、どこかで聞いたことがある、と感じる人も多いだろうから、「あくまで虚構である」と思われてしまう問題の根本的な解決策にはなっていないのかもしれない。

残された手法としては全く新しい術式を考えることだが、これはなかなか難しい。

まず土壌と術者から考え直していく必要が出てくる。

何も下敷きにしていないオリジナルの魔術が行われている土地だとすると、因習が残っているほとんど人のいない集落ということになるし、そんな場所だと術者も因習に囚われた人間に限定されてくる。ホラー小説をあまり読まない人間は「ホラー小説はそのような作品ばかりではないのか」と思うかもしれないが、あまり上手くない書き手がこの要素を集めた作品（ホラー小説に馴染んだ人々からは因習村系ホラーと呼ばれている）を作り出すと本当に陳腐な駄作が出来上がってしまうのだ。映像作品だと、無理のある設定でも視覚的効果でそれなりの品質になっていることもあるのだが、小説では文字の力にのみ頼らなくてはいけない。そのため、現在では少ないと思われる。

先述したキャッスルロック関連の作品は全く陳腐ではない因習村系ホラーとして見事に成り立っているわけだが、これは単にスティーヴン・キングの手腕によるものだ。

ためしに、私が即興でひとつ作ってみようと思う。

大学生のAは祖父が亡くなったという一報を受ける。祖父の住む場所は北九州の山深い集落で、かろうじて電気水道は通っているものの、近代的文明からは隔絶されたような村だ。

そこでは人が死ぬと「オンバ様」の元に還ると信じられている。そういうわけで、オンバ様のところへ一番ふさわしい姿で行くための支度を、死体に施さなくてはいけない。

Aが村に到着すると、祖父は既に支度を終えていた。腹からは内臓が抜かれ、その代わりに大きな石が詰められている。

Aは祖父の死体の様子を見て絶句した。ずっと優しくしてくれた祖父がこのように異様な姿で埋葬されることは許せない。しかし、怒ったところで、「風習だから」と言われれば逆らえず、祖父はそのまま棺に納められることになる。どうしても納得がいかなかったAは、一応葬儀は終わったのだからと、村人全員が寝静まったあと、棺を開け、死体の腹の中から石を取り除く。この方が祖父も安らかに眠れるだろうと信じて。

しかし次の日、村は大変な騒ぎになる。

村人五人が夜の内に姿を消してしまったと言うのだ。

捜索した結果、消えた五人は村の奥にある祠で発見される。全員、目も当てられないほどの凄惨な姿となっていた。

オンバ様の巫女だという老婆はそれを見て「オンバ様が御目覚めになった」と言う。「このままではこの村はお終いだ」と騒ぎ立てる。

老婆の様子を見て、Aは馬鹿にする。迷信深い土地だと、殺人事件さえなにか超越的なものの仕業にされてしまう。そんなことで騒ぐより、村人の中に殺人犯がいることを心配した方が良いと、一番近い警察署に電話をかける。

しかし、電話を取った警察官は、Aが村の名前を告げた途端、「私たちには関わりがないことだ」と言い、焦った様子で電話を切ってしまう。

さらに、その夜も、また村人が数人殺された。

村人たちは激怒し、Aと一緒に来ていた妹を差し出せと迫ってくる。

今起こっている殺人が人間によるものではなく、オンバ様のせいだということは分かっても、そんなことはしたくないAは必死に抵抗する。

そこに巫女が来て、オンバ様の成り立ちを説明しだす。

実はオンバ様とは、その昔、この村が貧しかったときに口減らしで殺された赤ん坊の怨霊である。赤ん坊の怨霊を鎮めるために、この村では死人が出た時、いつでも胎内に還ってきてよいという想いを込めて、その死体を妊婦に見立てた。

Aがそれを台無しにしたために、還る場所を失った赤ん坊の怨霊は暴れ、村人を惨殺することになったのである。オンバ様をふたたび鎮めるには、もう死体では無理だ。本物の女を差し出すしかない。

当然そんなことはしたくないAは、なんとか妹を捧げることなく、オンバ様を鎮めようとするが——

自分で書いていて嫌になるくらいつまらないのでこの辺でやめます。

死体とはいえ、いたずらに人体を欠損させるような風習は令和どころか昭和でさえ受け継がれるべきでない野蛮なものとして忌避されていただろう。埋葬方法は法律で決められているし、それでなくともインパクトを重視したグロテスクさには何の合理性もない。

第一、警察がまともに機能していなさすぎる。北九州の郊外にあるとしても、死人が出ている事件があれば、必ず捜査の手が入る。その土地の人間に迷信が浸透していたとしても、完全に事件をなかったことにできるということはあり得ない。

リアリティが全くないというだけでなく、このような描写――田舎は陰湿な人間が住み、文明がなく、都会人がとうに捨て去った迷信を受け継ぎ、残酷な行為に容易く手を染める――は、田舎に対する差別を助長するものである、という批判も懸念され、そういう観点からもやりたくない。社会からの批判が一番恐ろしい。

一から魔術を考えるというのは、とても技術の要ることなのだ。私はまだその段階にない。

作家としてのキャリアが三年ほどしかないくせに偉そうに講釈を垂れてしまって少し恥ずかしいので、最後は、何度も例に挙げたスティーヴン・キングの言葉で締めようと思う。

「子供たちよ、小説とは虚構《つくりごと》のなかにある真実《ほんとう》のことで、この小説の真実《ほんとう》とはいたって単純だ――魔術は存在する」(2)

【註】

(1) マタイの福音書8章28節―34節、ルカ8章26節―39節

(2) スティーヴン・キング『IT(1)』小尾芙佐訳(文春文庫、一九九四年)

【参考文献】

芦花公園『異端の祝祭』(角川ホラー文庫、二〇二一年)

キング、スティーヴン『デッド・ゾーン 上・下巻』吉野美恵子訳(新潮文庫、一九八七年)

――『クージョ』永井淳訳(新潮文庫、一九八三年)

――『スタンド・バイ・ミー――恐怖の四季 秋冬編』山田順子訳(新潮文庫、一九八七年)

斎藤英喜『増補 いざなぎ流 祭文と儀礼』(法蔵館文庫、二〇一九年)

ナ・ホンジン(監督・脚本)『哭声/コクソン』(二〇一六年)

索引

※作品は作者ごとにまとめてある。作者不明の作品は「事項」にまとめてある。

人名（＋作品）

【ア行】

【カ行】

【サ行】

【タ行】

【ナ行】

【ハ行】

【マ行】

【ヤ行】

【ラ行】

事項

【タ行】

【ナ行】

【ハ行】

【マ行】

渡 勇輝（わたり　ゆうき）
摂南大学非常勤講師／日本思想史／（主な業績）「「古」を幻視する――平田国学と柳田民俗学」（『現代思想　総特集：平田篤胤』青土社、2023 年）所収、「越境する編集者野村瑞城――『日本心霊』紙上の「神道」と「民俗」を中心に」（『「日本心霊学会」研究――霊術団体から学術出版への道』人文書院、2022 年）所収

芦花公園（ろか　こうえん）
小説家／東京都生まれ／ Web サイト「カクヨム」で公開していた「ほねがらみ――某所怪談レポート――」が編集者の目に留まり、2021 年 4 月『ほねがらみ』で幻冬舎より書籍デビュー。近著は『眼下は昏い京王線です』（双葉社）。

一柳廣孝（いちやなぎ　ひろたか）

横浜国立大学教育学部教授／日本近現代文学・文化史／（主な業績）『＜こっくりさん＞と＜千里眼＞増補版――日本近代と心霊学』（青弓社、2021年）、『怪異の表象空間――メディア・オカルト・サブカルチャー』（国書刊行会、2020年）、『怪異と遊ぶ』（共編著、青弓社、2022年）

梶尾文武（かじお　ふみたけ）

神戸大学大学院人文学研究科准教授／日本近代文学／（主な業績）『否定の文体　三島由紀夫と昭和批評』（鼎書房、2015年）、論文に「右翼的情動――大江健三郎の一九六〇年前後」（『ユリイカ』2023年7月）、「純粋天皇の降臨と解体――一九七〇年前後における大江健三郎の中篇小説」（『国語と国文学』2023年8月）

清川祥恵（きよかわ　さちえ）

佛教大学文学部講師、神戸大学国際文化学研究推進インスティテュート連携フェロー／英文学、ユートピアニズム／（主な業績）『ウィリアム・モリスの夢――19世紀英文学における中世主義の理想と具現』（晃洋書房、2024年度内刊行予定）、「夜を生きるパンサーの子ら――映画『ブラックパンサー』における「神話」と「黒人の生」」（共編『人はなぜ神話〈ミュトス〉を語るのか――拡大する世界と〈地〉の物語』文学通信、2022年）

植 朗子（うえ　あきこ）

神戸大学国際文化学研究推進インスティテュート学術研究員／伝承文学、比較文化学、神話学／（主な業績）『鬼滅夜話――キャラクター論で読み解く『鬼滅の刃』』（扶桑社、2021年）、『キャラクターたちの運命論――『岸辺露伴は動かない』から『鬼滅の刃』まで』（平凡社新書、2023年）、「近代植物学に生きつづける神話・伝承文学――二〇世紀ドイツの植物学者ハインリッヒ・マルツェルを中心に」（共編『人はなぜ神話〈ミュトス〉を語るのか――拡大する世界と〈地〉の物語』文学通信、2022年）

【編著者】
斎藤英喜（さいとう　ひでき）
1955年東京生まれ／日本大学大学院博士課程満期退学／佛教大学歴史学部教授／神話・伝承学、宗教文化論／（主な業績）『荒ぶるスサノヲ、七変化――〈中世神話〉の世界』（吉川弘文館、2012年）、『異貌の古事記　あたらしい神話が生まれるとき』（青土社、2014年）、『折口信夫――神性を拡張する復活の喜び』（ミネルヴァ書房、2019年）、『増補　いざなぎ流　祭文と儀礼』（法藏館文庫、2019年）、『読み替えられた日本書紀』（角川選書、2020年）、『陰陽師たちの日本史』（角川新書、2023年）、『神道・天皇・大嘗祭』（人文書院、2024年）

【執筆者】（掲載順）
金沢英之（かなざわ　ひでゆき）
北海道大学文学研究院教授／上代文学・神話史／（主な業績）『新釈全訳日本書紀』（共著、講談社、2021年）、『義経の冒険』（講談社、2012年）、『宣長と『三大考』』（笠間書院、2005年）

小川豊生（おがわ　とよお）
元摂南大学外国語学部教授／古代中世文学・宗教思想史／（主な著書）『中世日本の神話・文字・身体』（森話社、2014年）、『日本古典偽書叢刊』第一巻（編著、現代思潮新社、2005年）、『偽書の生成――中世的思考と表現』（共編著、森話社、2003年）

南郷晃子（なんごう　こうこ）
桃山学院大学国際教養学部准教授／近世説話／（主な業績）『人はなぜ神話〈ミュトス〉を語るのか――拡大する世界と〈地〉の物語』（共編、文学通信、2022年）、「花の名を持つ女――むごく殺されるお菊、お花をめぐって」（『性愛と暴力の神話』晶文社、2022年）、「奇談と武家の記録 ― 雷になった松江藩家老」（『怪異学講義』勉誠社、2021年）

文学《ぶんがく》と魔術《まじゅつ》の饗宴《きょうえん》・日本編《にほんへん》

2024年9月30日　第1刷発行

【編著者】
斎藤英喜

発行者：高梨 治
発行所：株式会社**小鳥遊《たかなし》書房**
〒102-0071　東京都千代田区富士見1-7-6-5F
電話 03-6265-4910（代表）／FAX 03-6265-4902
https://www.tkns-shobou.co.jp
info@tkns-shobou.co.jp

装幀　宮原雄太（ミヤハラデザイン）
印刷　モリモト印刷株式会社
製本　株式会社村上製本所

ISBN978-4-86780-056-0　C0095